씩씩한 포크와 계획적인 나이프

씩씩한 포크와 계획적인 나이프

안서영 이영하

서로를 '돈가스 메이트'라고 부르는 부부가 있습니다. '스튜디오 고민'을 함께 운영하는 안서영, 이영하 실장이 그 주인공입니다. 수많은 출판사들은 물론이고 음반 커버 디자인, 기업 브랜딩 등 모두가 함께 일하고 싶어 하는 자타공인 실력파 디자이너들이죠. 두 사람은 일터에서도 집에서도 언제나 함께인데, 마치 그 모습이 테이블 위에 놓인 포크와 나이프처럼 단짝입니다. 메뉴판 가장 상단에 나란히 적혀 있는 '로스가스'와 '히레가스' 같기도 하고요. 직업도 식성도 이토록 정확하게 일치하다니, 분명 환상의 짝꿍이 틀림없을 거예요.

누구나 '도망갈 구멍'은 하나쯤 필요하죠. 일에 치이고 인간관계에 지친 날이면 잠시나마 숨 돌리며 숨어 있을 안전한 공간이요. 그것은 가장 안락한 내 침대 같은 물리적 장소일 수도 있고, 취미생활 같은 정신적 행위일 수도 있을 거예요. 좋아하는 사람과 함께 좋아하는 음식을 먹으며 보내는 시간은 즉각적인 기쁨과 위안이 되어줍니다. 비록 예상치 못한 야근이 끝난 늦은 밤 '돈가스'는 위장의 입장에선 갑자기 걸려온 업무 연락일지라도요.

자영업자 특성상 정해진 월급날은 없지만, 두 사람은 하나의 프로젝트를 마치고 작업비가 들어오는 날을 '비정기적 월급날'이라고 부른다고 해요. 어릴 적 한 달에 한 번 돌아오는 아버지의 월급날이면 동네 경양식 레스토랑에서 '칼질'하던 돈가스를 떠올리며 지도에 찍어둔 돈가스 맛집을 찾아간다니, 그 발걸음이 머릿속에 그려지며 입꼬리에 미소가 번지네요.

고민이 있다면 함께 생각해보자고, 그리고 앞으로 나아가자고 제안하는 '스튜디오 고민'이지만, 돈가스만큼은 로스가스냐 히레가스냐 고민할 필요가 없습니다. 사이좋게 각각 하나씩 주문한 후 서로의 앞에 놓인 접시 위로 슬쩍 침범해 오는 포크를 모른 척하는 다정함을 발휘하면 되죠. 그렇게 평화롭게 배를 든든히 채우고 행복을 충전한 힘으로 오늘도 마우스를 딸깍거리며 멋진 작업물을 만들어내고 있을 두 사람. 어쩌면 이 책은 '인생의 반려자'이자 '동료'이자 '돈가스 메이트'가 돈가스를 먹으며 써내려간 '작업 일지'에 가까울지도 모르겠습니다.

Editor 김지향

차례 ————

끈기야말로 최고의 재능

안서영

유독 잠이 오지 않는 밤, 아주 먼 곳으로 훌쩍 떠나고 싶은 기분이 들 때가 있다. 그래서 오늘 밤은 교토에 가기로 했다. 꿈 이야기가 아니라 버추얼 투어(virtual tour) 이야기다. 암스테르담, 오슬로, 타이페이, 멜버른…. 가보고 싶은 곳을 유튜브 검색창에 입력하면 고프로로 생생하게 기록한 도시 영상들이 뜬다. 비좁은 이코노미석에 10시간 동안 묶여 있지 않고도, 클릭만 하면 1초 만에 타국의 거리에 뚝 떨어질 수 있다. 지구 반대편에 사는 누군가의 부지런함 덕분에, 떠나고 싶은 밤에는 낯선 언어가 들리는 풍경을 가상 산책하며 보낸다.

오늘 고른 영상 속에는 작고 오래된 목조 건물들, 차분한 아이보리와 녹차색 담벼락이 교차되는 교토의 골목이 이어졌다. 가본 것 같기도 하고 아닌 것 같기도 한 풍경에 멍하니 빨려들다 갑자기 익숙한 건물을 발견했다. 장인을 뜻하는 재주 기(技) 자가 쓰인 고동색 노렌이 드리워진 입구. '돈가츠 야마모토'였다. 여행의 추억은 시간이 지나면 대부분 흐릿해지지만, 그곳에서 먹었던 음식만큼은 생생하게 기억에 남을 때가 있다.

2017년 겨울, 나와 나의 돈가스 메이트는 돈가츠 야마모토에 앉아 있었다. 나는 로스가스를, 돈가스 메이트는 히레가스를 주문한 채로. 따뜻한 물수건으로 손을 깨끗이 닦고 주전자에 담긴 차를 호호 불어 마시며. 손님은 늦은 점심식사 중인 회사원 한 명과 여행자인 우리 둘뿐이었다.

우리는 작은 주방을 빙 두른 바 형태의 좌석에 앉아, 할아버지 요리사가 요리하는 모습을 구경했다. 양배추를 사각사각 써는 소리, 칼과 도마가 닿는 순간의 소리, 수도꼭지를 살짝 열어 최소한의 물을 쓰고 있음이 느껴지는 소리, 국이 보글보글 끓기 시작하는 소리, 오래된 도시의 분위기처럼 고요한 소리들을 나도 모르게 귀 기울여 듣게 되었다. 장인의 절도 있는 동작에는 군더더기가 없다. 펄펄 끓는 기름 앞에 종일 서 있다는 것이 믿기지 않을 정도로 새하얀 복장이 인상적이다. 식사를 할 때조차 온갖 소스를 옷에 묻히는 내가 너무 차분하지 못한 사람처럼 느껴진다. 자세라도 바르게 하고 있어야지. 혹여나 큰 소리를 낼까 조심스레 의자를 당기고 허리를 쭉 폈다.

경건한 마음으로 음식을 기다리는 동안 수십 년 동안 같은 자리에서 정성껏 음식을 만들며 가게를 운영한다는 건 어떤 기분일까 상상해보았다. 매일의 실력과 마음가짐을 가다듬으며 정진하는 기분을 느낄까. 혹은 명상하는 것처럼 무아지경의 경지에 오를까. 나는 어떤 행동이 숨 쉬듯 익숙해지는 경험을 아직 해보지 못했다. 어릴 적부터 뭐든 쉽게 질려 하더니 결국은 매일 다른 것을 만들어내는 직업을 택했다. 나와는 반대 성향의 사람들. 오랫동안 생에 걸쳐온 업을 매일 일사불란하게 해내는 모습을 보면 존경심이 든다.

잠깐의 기다림 끝에 따끈따끈한 각자의 돈가스가 나왔다. 한 점을 들어 베어 무는 순간 깜짝 놀랐다. 가능하다면 돈가스를 이대로 서울에 포장해 가고 싶을 정도였다. 두툼한 등심 고기를 비계까지 그대로 깨끗하게 튀겨낸 로스가스와 구수하고 깊은 맛의 돈지루, 새하얗고 고슬고슬한 밥과 채를 썰지 않고 큼직하게 잘라 곁들인 양배추를 번갈아 맛보았다. 튀김옷이 얇아서 더욱 촉촉하게 느껴지는 돈가스 한 점 한 점이 구름처럼 사라져갔다. 과연 장인의 솜씨였다.

여행 마지막 날 저녁, 라멘을 먹고 싶다는 돈가스 메이트를 겨우 설득해 그곳에 다시 방문할 수 있었다. 마음을 전하고 싶어 번역기 앱으로 인사를 건넸다. "안녕하세요. 며칠 전 이곳에서 정말 만족스러운 식사를 했습니다. 돌아가기 전 다시 방문했어요." 언어는 통하지 않지만 이렇게나마 응원을 전할 수 있어서 기뻤다. 기품이 느껴지는 접객이 인상적이었던 백발의 여주인이 핸드폰 화면을 보고는 고개를 끄덕였다. "간샤이타시마스(감사합니다)." 가게를 닮은 따뜻한 목소리였다. 나는 이 가게의 돈가스를 먹기 위해서 교토에 꼭 다시 오겠다고 다짐했다.

여행을 다녀오고 얼마 후, 〈꿈과 광기의 왕국〉이라는 다큐멘터리를 보았다. 미야자키 하야오 감독이 은퇴작을 제작하는 과정을 담은 작품이다. 일에 많이 지쳐 있던 때, 관록의 거장이 꼬장꼬장한 곤조를 부리며 열정을 불태우는 모습을 보면서 자극을 얻고 싶었다. 그런데 제목 그대로 '꿈과 광기'가 가득한 별세계를 기대했던 지브리 스튜디오의 일상은

의외로 잔잔했다. 미야 상(미야자키 하야오를 이렇게 부른다.)은 오전 11시에 딱 맞춰 출근해 오후 9시에 연필을 내려놓는다. 하루 일과는 매일 정확히 같다. 정해진 시간에 모든 직원들과 함께 라디오 체조를 한다. 마사지를 하고, 체조를 하고, 샤워를 하고, 쓰레기를 줍고, 커피를 마시러 가고, 그리고 돌아와서 밥을 먹는다.

"그게 제 생활의 기초예요. 거기서 보는 범위 안에서 세계를 판단하고 있어요. 거기에서 마을의 모습이 점점 변하고 있다든가, 그 사람이 어떻게 되었나 하고 보고 있어요."

미야 상은 그렇게 무려 50년을 일했다. 그림이 잘 그려지지 않는 날은 무거운 발걸음으로 터덜터덜 집에 돌아가며 "기운 차려야지. 내일은 더 잘 그릴 수 있겠지." 다짐하면서. 과정은 늘 괴롭지만, 이상하게 다음 날엔 또 그리고 싶어진다고도 했다. 그런 무수한 좌절과 불면의 밤들을 거쳐 드디어 영화가 완성된다. 기자회견을 마친 후 다큐멘터리 감독은 미야 상에게 손에 든 종이에 무엇이 적혀 있는지 묻는다. 그는 '은퇴의 글'이라고 적힌 종이를 보여준다. 서문은 이렇게 시작한다.

"저는 앞으로 10년은 더 일을 하고 싶다고 생각합니다."

지금은 2023년 겨울, 6년이 흘렀고 아직 교토에는 가지 못했다. 미야자키 하야오 감독은 은퇴를 번복하고 복귀하여 〈그대들은 어떻게 살 것인가〉를 발표했다. 그리고 우리가 운영하는 '스튜디오 고민'은 10주년을 맞게 되었다. 시작은 좋은데 끈기가 없다는 말이 매해 가정통신문마다 적혀 있던 어린이가 어른이 되어서 용케 한 우물을 팠다. 예전엔 '장인'을 머나먼 다른 은하의 우주인이나 환상의 유니콘처럼 여겼다. 요즘은 감히 '장인'까지는 되지 못하더라도 오래 이 일을 지속할 수 있기를 꿈꾼다. 나무처럼 오랫동안 성장하고 싶다는 마음을 품는다. 반짝 빛나는 찰나의 순간보다는 포기하지 않고 계속해나가는 끈기야말로 재능이라고 느낀다. 우리는 어떻게 살 것인가.

사회에 막 발을 내딛고 일을 배우던 때, 그리고 독립해서 스튜디오 운영을 시작했을 때를 떠올리면 어떻게 그렇게 어설펐을까 싶다. 어마어마한 실수를 저지르고 크게 혼나 화장실에 숨어 울던 신입 시절도 이제는 청춘 드라마 속 한 장면처럼 미화되어 있다. 여전히 장고 끝에 악수를 두기도 하고, 전혀 예상치 못한 순간 돌부리에 걸려 넘어지기도 하지만, 적어도 그전보다 알게 되는 것들이 있다. 당시엔 무척 힘들고 버겁게 느꼈던 실패의 순간 또한 다른 방향으로 생각을 전환할 수 있는 전화위복의 계기가 되기도 하고. 이 좁고 깊은 세계에서 매일매일 새로운 발견이 나타난다.

아마도 영원히 그럴 것이다. 장인이 오랫동안 기억에 남는 훌륭한 돈가스를 선보이기까지 몇십 년의 시간이 필요했듯이, 나의 일을 앞으로 몇십 년 동안 지속한다면 어떤 새로운 풍경이 펼쳐질까. 무엇을 더 배우게 될까. 어떻게 살 것인지 나는 오늘도 '고민' 중이다.

비효율 노동자

이영하

평소 예능을 즐겨 보는 편은 아니지만, 그렇다고 아예 꺼리는 편도 아니다. 오히려 어떤 프로그램이 새로 편성되는지, 출연진을 어떤 캐릭터로 소모하는지, 어떤 포맷으로 시청자에게 노크하는지 분석하면서 보는 재미가 있어, 채널을 돌리다 못 보던 프로그램이 있으면 한 편 정도는 집중해서 보곤 한다.

어느 날 우연히 보게 된 프로그램도 그랬다. 챙겨 보지는 않고 하이라이트 정도로만 보던, 서유기를 패러디한 예능의 스핀오프 프로그램이었는데, 출연자들이 제주도에서 며칠 동안 돈가스 가게를 열고 직접 운영해보는 내용이었다. 어떤 메뉴들로 구성할지, 음식 가격을 어떻게 책정할지, 요리는 어떻게 배울지 등등 여러 현실적인 고민이 농담과 뒤섞여 전개되어 흥미로웠는데, 하루종일 요리를 하고 밤에는 숙소에 가서 새벽까지 돈가스용 고기를 망치로 두드리는 장면이 오랫동안 기억에 남았다. 오후 내내 미팅을 하다 새벽에서야 집에서 작업을 하곤 했던 자영업자 모먼트가 겹쳐 보였던 걸까.

우리의 연예인 삼촌들이 지친 몸을 이끌고 고기를 통통거리며 두들기는 모습이 눈을 비벼가며 키보

드의 자판을 두들기던 우리의 모습과 닮았던 것도 사실이지만, 내일의 더욱 맛있는 돈가스를 위해 직접 고기를 다듬는다는 그 정성이 뇌리에 박혔던 것 같다. 아무래도 시판 고기를 쓰는 것은 방송 의도에도 맞지 않고 화면상으로도 재미가 없을 테니까. 그리고 역시 모름지기 왕돈가스라면 수제로 다듬어야 한다. 직접 손으로 두드린 고기는 튀겼을 때의 맛이 엄연히 다르다. 육질이 부드럽고 고소하다. 말 그대로 살아 있다. 어릴 적 엄마가 해주던 돈가스 생각도 나고.

그들에겐 잠시 스쳐가는 하나의 프로그램일 테지만, 우리가 맛있게 먹는 돈가스 가게 사장님들은 저런 삶을 평생 동안 살고 있겠지, 하는 생각을 하면 새삼 대단하게 느껴진다. 여러 가지 험난한 자영업자의 현실에도 불구하고 자기만의 다양한 노하우를 활용해 새벽마다 고기를 두드리고 있을 이 시대의 자영업자들에게 존경의 박수를 보내고 싶다. 시도 때도 없이 몰아닥치는 주문과 무리한 작업들, 다양한 요구사항을 매일매일 마주하다 보면 일상에 루틴을 적용하기가 불가능하다는 것을 깨닫게 된다. 어, 이거 누군가와 무척 닮았는데.

　모든 자영업은 대부분의 경우, '수제'라는 과정을 거치는 순간, 장인의 영역에 들어가는 동시에 대단히 비효율적인 노동이 되어버린다. 출판 디자인 역시 비슷한 영역이 있는데, 요즘은 프로그램이 워낙 발달해서 이미지를 합성하거나 간단한 그림을 그리는 것 정도는 기본적인 애플리케이션으로도 가능하고, 편집도 매뉴얼이 친절히 만들어져 있어 텍스트만 집어넣어도 얼추 모양이 잡히는 편이다. AI까지 난입해서 그림도 그려대고 포스터도 만들어대는 시대이지 않은가.

　다만 우리는 조금 더 올드스쿨의 영역으로 남아 있고자 글꼴을 수작업으로 합성해서 만들고, 단락 스타일을 지정해주고, 거기에 프로그램으로 맞추지 못하는 디테일한 글리프들은 손수 하나하나씩 눈으로 찾아서 바꿔가며 작업을 해오고 있다. 아무래도 시간도 오래 걸리고 실수가 생기기도 쉬운 작업이지만 그렇게 해야 부드럽고 고소한 문단이 완성되는 기분이다. 말 그대로 살아 있는 책으로 만들고 싶은 마음이었다.

몇 해 전, 교토에서 우연찮게 장인의 영역이라고 생각되는 돈가스 가게를 방문한 적이 있다. 돈가스 메이트는 완벽하게 맞춰져 있던 교토 음식점 격파 리스트의 마지막을 그 가게를 한 번 더 가는 일정으로 변경할 정도였다. 꽤 유명한 라멘집과 맞바꾸는 중대한 결정이었기에 아쉽기도 했지만 나 역시 그 가게는 다시 한 번 가고 싶었다. 맛도 맛이지만 일본 장인 특유의 바이브가 살아 있는 돈가스 가게의 조명과 온도, 습도를 꼭 기억해두고 싶었기 때문.

흰 유카타를 입은 키가 작지만 단단해 보이는 할아버지와 기모노 비슷한 옷을 입은 여리여리한 할머니 두 분이서 조용히 운영하는 가게였다. (환상의 콤비는 대부분 이런 슈퍼 마리오 조합이다. 스튜디오 고민 역시 그렇고.) 가게에는 영어로 된 설명이 하나도 없고 주인 내외분도 영어를 전혀 할 줄 몰라서, 메뉴판을 보는 것도 메뉴를 주문하는 것도 아주 어려운 일이었다. 지금은 스마트폰으로 메뉴판을 촬영하면 번역

애플리케이션을 통해서 촤라락 바로 통역이 되지만 당시는 손글씨나 끊어지는 단어 같은 정밀한 부분은 제대로 인식되지 않던 시절이었다. 메뉴에 대해 질문을 하기에도 민망할 정도로 조용하고 엄격한 분위기여서 우리는 더듬더듬 가격대와 메뉴의 위치로 어림잡아 분명 메인인 것 같은 두 메뉴를 시켜보았다.

오픈 키친이라 요리하는 모습을 그대로 볼 수 있었는데, 주인 할아버지는 마치 가라테 선수가 가타를 수련하듯이 옷자락을 휘날리며 하나하나씩 요리를 이어나갔고, 그 손짓 하나하나에 특유의 절도미가 있었다. 오랫동안 이 작업만을 반복적으로 행한 것이 분명한, 몸에 익은 그대로의 자세였다. 평생을 은행원으로 근무하고 은퇴한 지 여러 해가 지났지만, 여전히 흐트러지지 않고 은행원일 때의 생활 루틴을 지켜가고 계신 아버지가 생각났다. 무언가 한 가지를 변함없이 오래 유지한다는 것은 그것만으로도 분명 존경받을 만한 지점이 있다.

한참 넋 놓고 보고 있으니 주인 할아버지는 음식들을 우리 테이블 위에 하나씩 올려주고는 허리에 감겨 있던 앞치마를 걷고 홀 너머 안쪽으로 조용히 들어갔다. 주인 할머니 역시 메뉴가 테이블 위에 올려진 것을 확인하고는 슬며시 안쪽 방으로 들어갔고, 고요한 홀 한가운데에는 우리 둘만 남게 되었다. 아마도 보다 편안하게 식사를 즐기라는 배려인 것 같았다.

우리 앞에 놓인 것은 다행히도 로스가스와 히레가스였다. 한 글자도 읽을 수 없는 상태에서 백 퍼센트 감으로 고른 메뉴가 우리가 가장 좋아하는 것이었다니. 돈가스 메이트는 이 드라마틱한 분위기에 한껏 취해버렸는지 눈을 반짝거리며 테이블 위의 돈가스를 바라보고 있었다. 그리고 잠시 후, 그녀는 합장을 하고 고개를 살짝 숙이며 나지막이 말했다.

"이타다키마스(잘 먹겠습니다)."

독자도, 클라이언트도, 옆에서 일하고 있는 나의 돈가스 메이트까지도 알아차리기 어려운 디테일한 부분을 위해 마우스를 딸깍거리며 새벽까지 작업을 이어나갈 때가 있다. 분명 필요한 작업이기는 하나 그만큼의 효용성이나 합리성이 있는지는 설명하기 어려운 과정인 경우가 대부분이다. 열심히 전체를 조판해놓은 데이터 중 따옴표가 눈에 거슬리기 시작해 국문 폰트나 영문 폰트와 더 잘 어울리는 폰트로 하나하나씩 변경해가며 조정해주면, 이번엔 지정해놓은 숫자 폰트의 높낮이가 미세하게 달라 보여 또 조정해주고, 주석에 쓰인 숫자 폰트와 본문에 쓰인 폰트의 굵기 차이가 보기 괴로워 또 조정해야 하는 과정이다.

매우 디테일한 부분이기에 독자나 클라이언트가 알아보기 어렵다는 것을 머리로는 이해하지만 나는 이 과정을 거쳐야만 이 작업물이 잘 살아나갈 수 있다는 확신이 든다. 새벽 내내 글자와 글자 사이의 조그마한 틈을 보고 있으면, 일이란 성취감과 자부심을 주지만 동시에 몸과 정신을 갉아먹는다는 생각이 든다. 하지만 열심히 갈고닦다 보면 언젠가 어디에 있을지 모르는 어느 독자가 눈을 반짝거리며 책을 바라보다가 "잘 읽겠습니다." 하고 무의식적으로 인사할 수도 있지 않을까 생각하며, 오늘도 그 순간을 위해 마우스를 딸깍거린다.

나만의 꿈의 궁전으로

안서영

월급은 어떤 맛일까? 한눈에 반해버린 예쁜 것을 결제하는 맛, 소중한 이에게 줄 선물을 고르며 기뻐할 얼굴을 상상하는 맛, 누군가에겐 여행지로 훌쩍 떠나게 해줄 티켓을 예약하며 느끼는 설렘의 맛일지도 모르겠다.

우리는 2인 디자인 스튜디오를 함께 운영하고 있는 '씩씩한 포크'와 '계획적인 나이프'. (대충 환상의 짝꿍이라는 뜻이다.) 정기적인 월급을 받는 것은 아니지만, 작업 비용이 들어오는 날 비슷한 기분을 느낀다. 말하자면 우리만의 '비정기적 월급날'인 셈이다. 다사다난해서 마음고생이 많았던 프로젝트도 입금 문자를 받는 순간 안도감과 함께 그간의 고생이 싹 잊히는 것 같다. '진짜 끝났구나!' 그리고 필연적으로 반드시 맛있는 것을 먹고 싶어진다. 이건 홀가분한 마음으로 소박한 자축을 위해 종종 가는 경양식 집에 대한 이야기다.

'와, 저긴 꼭 가봐야지.'

따끈한 식빵을 한 봉지 사서 걷던 어느 출근길. '경양식 레스토랑'이라고 쓰인 거대한 적갈색 간판을 보았다. 경.양.식.이라고 소리내어 읽어보았더니 그 말의 낡음이 오히려 신선하게 느껴졌다. 그리운 향기를 맡으면 과거의 한 페이지로 돌아가는 것처럼, 반가운 단어를 만난 순간 어린 시절의 추억이 방울방울 떠오르기 시작했다.

어렸을 적, 〈꿈의 궁전〉이라는 드라마를 무척 좋아했다. 고급 프랑스 레스토랑을 배경으로 한, 당시 흔치 않은 음식 소재 드라마였다. 내용은 거의 떠오르지 않지만 이름도 생소한 양식들, 특히 한 번도 먹어본 적 없던 '스테이크'는 도대체 무슨 맛일지 열심히 상상하며 텔레비전을 보던 기억이 남아 있다. 시청률 40퍼센트에 육박하던 드라마의 인기 덕분에 양식에 대한 관심도 높아졌다.

드라마가 성공적으로 종영한 뒤 우리 동네에도 작은 변화가 생겼다. 허름한 고깃집 건물이 허물어지고 새로 지어진 새하얀 테라스가 있는 건물, 바로 그 1층에 근사한 경양식 레스토랑이 문을 연 것이다. 가게 이름은 '봉주르'. 그야말로 우리 야탑동 탑마을의 꿈의 궁전이었다. 나는 학교에서 집으로 오는 길에 일부러 빙 돌아 그 앞을 지나가곤 했다. 창문 안을 기웃기웃 열심히 들여다보면서.

그리고 다가온 아빠의 월급날, 엄마를 며칠 졸라댄 끝에 그 레스토랑에서 외식을 하게 되었다. 따뜻한 노란 불빛과 높은 천장에 달려 있는 반짝이는 샹들리에. 말쑥하게 턱시도를 갖춰 입은 웨이터들이 능숙하게 음식을 나르는 모습은 물 흐르듯 매끄러웠다. 좋은 옷을 입고 구두에 광을 낸 어른들, 신이 난 아이들의 행복한 웃음소리.

푸드코트에서 먹던 어린이 돈가스와는 차원이 다른 고급 요리들이 테이블 위로 차례차례 놓이는 광경이 드라마와 꼭 닮아 있었다. 어린이였던 나는 포크와 나이프로 생애 첫 칼질을 하면서 마치 어른이 된 듯한 기분에 으쓱했었지.

그리고 20여 년의 시간이 흘러, 어엿한 어른이 된 나와 돈가스 메이트의 '비정기적 월급날'. 처음 봉주르에 가던 어린이처럼 설레는 마음으로, 아껴두었던 경양식 레스토랑 '오로라'에 방문할 수 있었다.

"어서 오세요. 편하신 곳에 앉으세요."

어딘가 오드리 헵번의 분위기를 닮은 사장님의 우아한 접객에 이끌려 안으로 들어선 순간, 과거로 시간여행을 온 기분이 들었다. 고풍스러운 조명의 노란빛과 소박한 나무 가구들이 놓인 공간, 그곳을 나른하게 채우는 올드팝이 운치를 더했다. 벽에 붙어 있는 작은 액자들에는 마릴린 먼로, 찰리 채플린 같은 고전 영화 배우들의 사진과 함께 가게가 문을 열기까지의 변천사가 적혀 있었다. 1970년대 소공동에서 시작한 가게가 몇 번의 이전과 함께 이름을 바꾸면서 현재까지 이어졌다는 설명이었다. 예상치 못한 역사와 전통에 살짝 놀란 우리는 '작전 개시'에 가까운 눈빛을 주고받고 메뉴판을 들어 신중하게 살펴보기 시작했다.

나는 곧 '비프가스'라고 적혀 있는 글씨를 발견하고 반가운 마음에 웃음 지었다. 돈가스와 함박스테이크와는 달리 비프가스는 경양식집에서만 만날 수 있는 메뉴다. 그냥 굽기만 해도 고급스러운 소고기 등심에 고운 빵가루를 묻혀내 튀기기까지 하다니! 묵직하고 사치스러운 비프가스는 언제나 메뉴판에서 찬란하게 빛나고 있었지만 감히 시도해보지 못한 환상 속 요리다. 여기서 만나다니, 운명이었다. 오늘은 마침 우리의 '월급날'이니까 비프가스쯤은 거뜬히 주문할 수 있지.

"사장님. 여기 비프가스 하나, 돈가스 하나 주세요."

여기에 경양식집에서만 맛볼 수 있는 것이 또 하나 더 있다. 바로 돈가스에 대한 기대감을 높이고 허기를 달래주는 크림수프다. 우유와 크림으로 직접 끓여낸 고소한 수프는 스푼을 넣자마자 바닥이 닿는 얕은 접시에 서빙되는 게 아쉬울 정도로 늘 맛있다. 크림수프는 언제나 금방 사라지는 것 같아 아쉬운 마음에 스푼을 바닥까지 싹싹 훑게 된다. 종종 집에서 인스턴트 수프를 끓여보기도 하지만 아무래도 이 맛을 따라가지 못한다.

그리고 다음은 샐러드 선수의 차례. 채소는 채 써는 방식에 따라 맛이 확 달라진다고 하는데, 양배추가 그 대표적인 재료인 것 같다. 적당한 크기로 채를 썬 신선한 양배추를 접시에 따로 수북하게 담아 케요네즈(케첩과 마요네즈를 섞은) 소스를 끼얹은 샐러드는 씹을수록 달콤하다. 튀긴 요리를 먹기 전에 양배추를 먹는 건 아마 소화를 돕는 효과도 있겠지? 나름 추측해본다.

아삭아삭한 샐러드를 씹고 있으면 드디어 메인 디시가 등장한다. 한우를 얇게 펴서 고운 빵가루를 묻혀 튀겨낸 비프가스. 소고기의 묵직함과 튀김의 바삭함이 동시에 느껴진다. 여기에 매콤한 산고추 피클을 곁들여 먹으니 고소함이 배가 된다. 함께 주문한 전통 돈가스 역시 고전적인 풍미의 소스와 적당한 바삭거림이 살아 있는 옛날 그대로의 그리운, 추억의 맛이다.

언젠가 텔레비전 프로그램 〈동네 한 바퀴〉에서 인상 깊게 보았던 에피소드가 있다. 당시 진행자였던 배우 김영철 씨가 수원에 마지막으로 남은 경양식 레스토랑을 찾아간다. 수원 최초의 경양식집이기도 한 그곳에는 한 팔에 빨간 냅킨을 걸고 손님을 맞는 단정한 사장님과 성실한 주방장이 35년째 한결같이 자리를 지키고 있었다. 김영철 씨는 가게 2층의 구석진 자리에 앉아 청년 시절, 지금의 아내가 된

여자친구와 경양식집에서 데이트했던 추억을 떠올리며 아련한 표정을 지었다. 아이들의 생일이나 특별한 날 돈가스를 먹었던 옛날 생각도 함께.

"점점 더 추억을 먹고 사네요."

그 장면을 보며 나는 나에게도 수십 년 후까지 옛날 이야기를 도란도란 나눌 수 있는 단골 경양식 레스토랑이 남아 있으면 좋겠다고 생각했다. 10년, 20년 후에도, 호호 할머니가 되어서도 월급날에는 그곳에 달려가 비프가스와 추억을 한 조각씩 천천히 맛보고 싶다. 왜 어렸을 때는 빨리 자라고 싶어 했을까? 키가 더 이상 자라지 않는 어른이 된 후부터 돌아갈 수 없는 어린 시절이 늘 그립다.

아빠의 월급날, 그날의 돈가스를 먹던 순간처럼 마치 어른이 된 듯한 기분을 느끼고 싶을 때가 있다. 물론 나는 정말 어른이 되었지만 말이다. 가끔 어떤 음식들은 잠깐의 순간, 그때의 시간으로 나를 데려다주는 것 같다. 나만의 꿈의 궁전으로.

거북선 레스토랑

이영하

어릴 적 가졌던 시각과 감상의 어떤 부분은 시간이 흐르면 으레 달라지고는 한다. 세월에 의해 자연스럽게 변화한 부분도 있고, 당시의 내가 잘못 알고 있었던 것도 있다. 아니면 미처 보지 못했던 구석이 있거나.

가장 가깝고 오래된 관계인 가족을 떠올려봐도 그렇다. 부지런하다고 생각했던 엄마는 머리가 비상하고 임기응변에 능통한 분이었고, 부드럽고 유연해 보였던 아버지는 누구보다 인내심이 뛰어나고 생활력이 강한 분이었다. 또, 뭐든지 잘하는 야무진 모범생인 줄만 알았던 누나는 해맑은 4차원의 자유로운 영혼이었다. 그리고 낯을 심하게 가리고 열정이 없어 건성건성만 일삼던 어린이는 주변 사람들로부터 듣는 인사말이 "요즘 바쁘시다고 들었습니다."가 일상인 워커홀릭이 되었다.

추억이 담겨 있는 공간도 마찬가지다. 영원히 그 자리에 있을 것만 같았지만 이제는 사라진 곳이 많다. 아빠의 월급날이면 설레는 마음으로 찾던 경양식 레스토랑, 중고등학생 시절 만남의 장소였던 시내의 오락실, 대학 시절 과제로 밤을 새우며 담배를 피워대던 자취방의 옥상, 프리랜서 생활을 시작해 처음 D.I.Y로 인테리어를 했던 작은 원룸 작업실까지도. 어떤 동네는 재개발되어 모든 것이 무너져 있기도 하고, 어떤 곳은 심지어 보도블록 하나까지 모두 바뀌어 처음 보는 낯선 거리로 변해 있기도 하다. 시간이 흐르면서 생각이 바뀌듯 세상도 물 흐르듯 변하고는 한다. 빠르게 변해가는 현대 사회에서 추억은 내 기억력이 허락하는 범위 내에서만 감상 가능한 영역이다.

어릴 적 자주 가던 돈가스집이 있었다. 고향에서는 꽤나 명물이던 레스토랑으로, 정확한 이름은 기억나지 않지만 우리 가족은 '거북선 레스토랑'이라고 부르고는 했다. 바닷가에 위치해 있거나 해물 관련 요리를 하는 곳은 전혀 아니었고, 이름 그대로 내외부가 모두 목재를 사용하여 거북선 모양으로 지어진, 그야말로 컨셉추얼한 레스토랑이었다. 그 당시 아버지 월급날의 단골 코스였는데, 초등학생이던 나에게는 최고의 외식 찬스여서 한 달에 한 번 있는 그날을 손꼽아 기다렸었다.

말끔하게 차려입은 웨이터분들의 안내를 받아 고풍스러운 목조 양식의 방으로 들어가 붉은 벨벳 재질의 의자에 앉는 감각은, 불과 세 시간 전까지 무릎을 꿇고 교실 바닥을 양초로 닦고 있던 초등학생의 마음을 따뜻하게 데워주었다. 식전에 나오는 수프를 싹싹 긁어 먹고는 아쉬워하며 입맛을 쩝쩝 다시고 있으면 엄마는 "너는 이게 그렇게 맛있니?"라고 물으시며 당신 몫의 수프도 내 앞으로 놓아주곤 하셨다.

　　돈가스는 여러 종류가 있었지만 까까머리 어린이의 생각에는 이탈리아 돈가스가 가장 품격 있으면서 훌륭한, 특별한 만찬이었다. 바삭한 튀김 아래 고소하면서 쫀득한 치즈가 얇은 고기를 감싸고 있는, 당시 그야말로 신세대의 경양식 베스트 메뉴였다. 돈가스를 우아하게 나이프로 썰어서 포크로 찍어 비스듬히 들면 치즈가 고기 사이로 옅게 흘러나왔다. 다른 손에 든 나이프를 이용해 치즈를 돈가스 위로 빙빙 둘러 입에 쏘옥 넣는 것이다. 돈가스를 해치우고 후식으로 나오는 아이스크림까지 단번에 먹고 빵빵해진 배를 어루만지고 있으면 그야말로 지상낙원이 따로 없었다.

점점 머리가 커가던 중학생 무렵에는 거북선 레스토랑에서 가족 외식을 하는 일이 드물어졌다. 아버지는 타지로 발령이 나서 같이 지내지 못하는 날이 많았고, 누나는 학업에 열중해 가족 모임에 참여하기 어려워졌다. 그리고 결정적으로 어쩌다 가족 외식을 하더라도 더 이상 초등학생의 입맛에 맞춰 메뉴를 선택할 필요가 없어졌던 것인지도 모른다. 나에게도 이탈리아 돈가스는 더 이상 지상 최고의 음식이 아니게 되었다. 가끔은 그 짭조름한 치즈 맛이 그립기는 했지만.

그러다 내가 대학 진학을 위해 서울로 떠나고 몇 년 후, 안타깝게도 거북선 레스토랑이 화재로 전소되었다는 소식을 들었다. 지역 신문 기사를 통해 알게 된 바로는 다행히 당시 다친 사람은 없었다고 했다. 모쪼록 보상이 원만하게 처리되어 피해를 최소화하고 잘 극복하셨으면 하는 바람이 들었다. 하지만 그 이후로 거북선 레스토랑이 재오픈하거나 비슷한 콘셉트의 레스토랑이 생기는 일은 없었고, 추측하건대 그 이후로 거북선 사장님은 더 이상 그런

컨셉추얼한 레스토랑을 운영하지 않는 것 같았다. 어렸을 적 추억이 깃든 장소들 중 하나가 사고로 인해 사라졌다는 안타까움과 함께 한 번이라도 더 가보지 못했다는 아쉬움 섞인 미안함이 꽤 긴 시간 마음 한구석을 불편하게 했다.

추억에는 항상 부채가 쌓이고는 한다. 거북선 레스토랑에 가던 어린 시절은 이제 20여 년이 훌쩍 지났지만, 경양식 돈가스를 먹을 때면 여전히 그곳이 제일 먼저 떠오른다. 이제는 언제든 먹을 수 있는 메뉴인 이탈리안 돈가스를 메뉴판에서 발견하면 반가운 마음으로 주문하곤 한다. 사실 내가 먹고 싶은 것은 바삭한 돈가스 사이에 흐르는 모차렐라 치즈나 따끈한 수프가 아닌, 어릴 적 가족과 함께하던 좋은 기억일지도 모른다. 후식으로 나오던 달콤한 바닐라 아이스크림도 이제 어느 곳에서도 먹을 수가 없어져 버렸다.

나와 돈가스 메이트가 함께 디자인 스튜디오를 시작한 지도 10년이 넘어가는 시점이다. 얼마 전 네 번째 사무실 이사를 준비하면서 그동안의 작업물들도 정리하고, 모았던 자료들도 정리하고, 받았던 편지들도 정리하고, 내 머릿속도 정리하며 잡다한 시간을 보내다 보니 빼곡하게 쌓아온 우리의 지난날들이 느껴졌다.

우리에게는 꽤 오랜 세월 동안 매년 1월 1일을 마감일로 작업해오고 있는 포스터가 있다. 김목인 음악가의 작명으로 탄생한 〈새해의 포크〉라는 포크 음악가들의 공연을 위한 포스터인데, 스튜디오를 열던 당시 처음으로 의뢰받았던 프로젝트가 무려 지금까지 지속되고 있다. 포스터 디자인 또한 시대의 변화와 트렌드에 맞는 시도를 하다 보니 조금씩 변화했다. 최근에는 그해의 동물들이 공연장 앞에 줄을 서 기다리는 귀여운 장면을 시리즈로 디자인하고 있다. 매해 공연을 다니다 보니 가장 춥고 눈보라가 치는 겨울날, 공연이 시작하기를 기다리며 삼삼오오 서 있는 관객들로부터 얻은 영감의 결과물이었다. 사람들이 공연장에서 느낀 감동을 1년 동안 소중하게 추억하길 바라는 마음으로 포스터 뒷면은 연간 달력으로 만들었다. 우리에게는 한 해의 작업을 마무리하는 종무식 같은 프로젝트가 되었는데, 10여

년이 흐르니 스튜디오 고민의 역사이자 스타일의 흐름을 엿볼 수 있게 되었다.

벌써 오랜 시간 함께해온 감사한 파트너도 있고, 몇 년 사이 드문드문 협업한 클라이언트도 있고, 단 한 번 작업을 함께했던 분들도 있다. 그 사람들은 각자 우리를 어떻게 기억하고 있을까. 우리 자신은 그들의 기억과 달리 변해 있을까, 아니면 그대로일까.

스스로 느끼는 크게 달라진 점은, 연차가 쌓이는 만큼 나이도 함께 먹다 보니 여기저기 아픈 곳이 많아졌다는 것. 언젠가 유독 몸이 무척 고됐던 날, 불현듯 상상의 나래가 펼쳐졌다. 먼 미래에 세상을 떠난 나의 장례식장에 모인 조문객 중 누군가가 '그때 수정 한 번만 덜 시킬걸.' 하고 안타까워할 것을 생각하니 두려웠다. 그때부터 오래 피워온 담배도 차츰차츰 끊고, 해마다 안식월도 가지게 되었다. 건강한 몸에 건강한 디자이너의 정신도 깃들 테니까.

항상 멋진 디자인만 해낼 수 없겠지만, 함께 일한 이들에게 좋은 시간과 과정을 함께했다는 인상만큼은 남기고 싶다. 그렇게 살다 보면 시간이 꽤 흐른

뒤, 누군가 어딘가에서 우리가 만든 결과물을 발견
하고는 그 당시를 꽤 괜찮은 시절이었다고 떠올려주
지 않을까.

야근수당은 있나요?

안서영

오후 10시 5분. 부재중 전화 2통, 메시지 1건.

주머니에서 느껴지는 진동에 반사적으로 핸드폰을 확인했다가 아차 괜히 봤다 싶었다.

— 혹시 통화 가능하신가요?

용건을 파악하고 생각을 정리하여 회신할 수 있는 메일과는 달리 메시지는 보통 구체적인 설명 없이 다짜고짜 말부터 걸어오는 경우가 대부분이다. 문자는 그나마 조금은 나은가. 수신인의 확인 여부를 알려주지 않으니까. 카톡에는 화면을 열어 '1'이 사라지는 순간 바로 답해야 할 것 같은 압박이 늘 묻어 있다. 업무 시간을 한참 벗어나 울리는 알림음 소리, 화면에 떠 있는 부재중 전화 n통은 21세기의 노동자들을 고문하는 방법이었다고 먼 훗날 역사에 기록될 것이다….

자연인인 나는 할 일을 미루는 데에 누구보다도 일가견이 있지만, 일꾼인 나는 업무 관련 피드백에 신속해지려고 부단히 노력한다. 함께 일하는 사람이 나의 답을 하염없이 기다리며 초조해하는 상황을 만들고 싶지 않다. 특별히 무척 바쁘거나 사정이 없는 때엔 답변은 당일 내로 처리한다. 그렇지만 이 경우는 다르지. 아니, 우리가 24시간 소통하며 세계를 구하는 잭 바우어와 클로이는 아니잖아요. 특히 오늘은 평소보다 이른 시간에 출근해 하루종일 숨 돌릴 틈 없이 일한 날이다. 욕조에 뜨거운 물을 가득 받아 몸 담글 생각만 간절한 퇴근길이었는데, 야심한 시각에 부재중 전화라면 분명 좋지 않은 징조겠지. 속으로 한참 투덜댔지만 결국 외면하지 못했다.

— 제가 확인이 늦었습니다. 무슨 일이실까요?

깊은 한숨을 투명하게 첨부한 메시지를 보내자마자 기다렸다는 듯 바로 전화가 걸려왔다. 회의 시간이 내일 오전으로 바뀌었는데, 그전에 시안의 중요한 오탈자를 발견해 임원에게 보고하기 전에 꼭 고쳐야 한다는 것이었다. (말로는 쉽지만 실은 복잡한 수정사항 몇 가지도 곁들여 말했다.) 순간 여러 복잡한 마음이 떠올랐지만, 전화기 너머로 피곤함이 묻어나는 담당자의 갈라진 목소리에 알겠다고 대답하고 말았다. 그러고 보면 그도 이 시간까지 퇴근하지 못하고 고생하고 있구나. 어쩔 수 없지. 나와 동료(이자 돈가스 메이트)는 물먹은 솜처럼 축 처진 채로 다시 작업실로 발걸음을 돌렸다.

집에 돌아오니 새벽 1시가 넘은 깊은 밤. 온 세상이 고요해진 시간이지만 나와 돈가스 메이트(이자 동료)는 아직 잠들지 못했다. 온종일 일에 모든 기운을 소진한 탓에 그저 지친 몸과 마음을 침대에 누이고 싶지만 방금 전까지 분초를 다투는 작전을 펼쳤던 우리의 뇌는 성마른 흥분 상태다. 잠이 오긴커녕 배 속에서 꼬르륵 소리가 들려온다. 밥 먹을 시간을 아끼느라 저녁을 컵라면으로 대충 때운 탓이다.

간단히 요기할 거리를 찾다가 찬장 안에선 인스턴트 컵수프, 냉장고에서는 얼마 전 사두었던 냉동 돈가스를 발견했다. 가볍고 부담 없는 수프와 묵직하고 기름진 냉동 돈가스. 우리는 그 둘을 두고 잠시 진지하게 고민하는 척을 했다.

"원래는 안 되지만… 아무래도 오늘은 돈가스 아닐까?"

"···그래. 지금의 우리에겐 자극적인 보상이 필요해!"

오-예! 결국 못 이기는 척 돈가스의 손을 들어주었다. 에어프라이어의 온도를 맞추고 20여 분간 차디찬 돈가스와 함께 지친 기분을 지글지글 튀겨냈다. 그렇게 당장의 고비를 넘겼다.

그리고 다음 날. 역시나 새벽에 돈가스는 무리였다. 밤새 더부룩한 느낌이 들어 잠을 설쳤다. 게다가 그 여파로 늦잠까지 자게 되어 아침 챙겨 먹을 새도 없이 부랴부랴 출근하게 되었다. 이상하게도 지각하는 날엔 유독 미처 확인하지 못한 메일이 첩첩산중 쌓이고, 휴대폰은 앰뷸런스 사이렌처럼 끊임없이 울려댄다. 출근하는 길인데 벌써 집에 가고 싶다. 문득 머릿속에 한 줄기의 깨달음이 섬광처럼 스쳐지나갔다.

'아. 지난밤 내 뇌가 원한 야식은 퇴근한 위장에게 갑자기 걸려온 업무 연락이었던 거야. 그리고 그 용건이 돈가스였다면 분명 가혹한 철야 작업이었겠지···.'

어제의 위장에게 우리는 악덕한 클라이언트였던 것이다. 늦은 밤의 과식과 수면 부족으로 머리와 배가 아팠다. 그날은 내내 각자의 '갑'에게 시달린 머리와 배와 함께 깊은 반성과 후회의 시간을 강제로 보내야 했다.

무릇 디자이너라면 '야행성'이라는 이미지가 있다. 대학 시절 대부분의 디자인과 학생들은 줄여서 '야작'이라고 부르는 야간 과제 작업을 통과의례처럼 거치곤 했다. 마치 앞으로 무수한 별처럼 쏟아질 야근의 날들에 미리 익숙해지는 연습을 하는 것처럼. 학교 앞 자취하는 친구 집을 아지트 삼거나, 강의실에서 여러 명이 모여 밤을 새워서 과제를 했다. 심지어 졸업 전시를 준비하는 마지막 학기에는 아예 과실에 간이침대를 놓고 숙식을 해결하며 지박령처럼 지내는 친구들도 있었다. 새벽에 함께 라면을 끓여 먹거나 배달 음식을 시키고, 맥주와 소주를 섞어 마시면서 열정적인 예비 디자이너가 된 기분에 흠뻑 젖어 있었다.

취직을 하고도 그 비슷한 풍경은 계속되었다.

유독 야행성인 사람들이 이 직업을 택하는 것인지, 아니면 학생 때부터 좋지 못한 습관이 들어서인지. 닭이 먼저냐 달걀이 먼저냐 같은 질문이지만. 나와 돈가스 메이트 또한 아침에 일찍 일어나는 것을 힘들어하는 편이라 차라리 밤 늦게까지 작업하는 것을 늘 택해왔다. 모두가 잠든 조용한 새벽이야말로 영감이 반짝 떠오르고 일에 몰입되는 시간이라고도 여겼다. 심지어 함께 일하는 이들도 점차 오전에 연락하는 것을 피하고 야밤에 연락하는 것을 주저하지 않게 되었다.

그런 생활이 영원히 가능할 것 같던 때도 있었지만, 돌이켜보면 가속 노화의 악순환이었을 뿐. 지금은 야근을 한다고 특별히 더 작업이 술술 진행되거나 좋은 결과가 나오지 않는다는 것을 절실히 느끼고 있다. 확연하게 떨어진 소화 능력처럼 말이다. 전날 새벽을 불태운 작업 파일을 그다음 날 아침에 열어보면 왜 이걸 그렇게 열심히 했지 싶게 헛다리 짚은 경우가 많았다. 게다가 그 여파로 종일 멍한 상태로 후회 가득한 하루를 보내야 하고. 차라리 밤에는 푹 자고 다음 날 맑은 머리로 짧게 집중해서 처리하는 것이 훨씬 효율적일 것이다.

　일에서도 마찬가지 아닐까. 함께 일하는 '서로'의 삶과 휴식에 대한 배려보다 '나'의 사정과 의견만을 내세우는 상황이 이어질 때가 있다. 당장 한쪽은 원하는 것을 조금이나마 얻을지도 모른다. 그렇지만 협력하는 마음이 조금씩 어긋나기 시작하면, 정작 일이 끝날 때쯤엔 그 누구도 결과물에 만족하지 못하게 되는 경우가 많았다. 서로가 들인 시간과 노력이 아까운 경우다. 설령 가장 좋아하는 음식인 돈가스일지라도 잘 소화할 수 없을 때 먹는 것은 안 먹느니만 못한 것이다.

알약파와 쩝쩝박사

이영하

현대사회를 바삐 살아가고 있는 대부분의 이들이 그렇듯이 나 역시 종종 새벽까지 잠들지 못하는 편이다. 마감을 열심히 치른 날에도, 종일 빈둥거린 날에도, 심지어 운동을 열심히 한 날에도 그렇다. 그로 인한 낮 시간 동안의 불분명한 흐느적거림, 쉽게 떠오르지 않는 생각, 온종일 아픈 목과 어깨 그리고 등을 어루만지다 보면 잠에 쉽게 돌입하는 부족들이 부러워지곤 한다.

새벽까지 눈을 감지 못하고 도파민에 취해 작업 중인 단행본의 책등을 어떻게 장식할까 정도를 고민하고 있으면, 옆에서 조그마한 숨을 쉬며 자고 있는 돈가스 메이트의 모습이 보인다. 그녀에게는 팔 힘이 세다거나 아주 많이 먹을 수 있다거나 하는 등 여러 부러운 점이 있는데, 그중 잠에 관한 특성이 가장 그렇다. 가감 없이 말하자면, 잠을 자야겠다 마음먹는 순간 수면에 돌입하는 타입으로, 좀처럼 잠들 수 없는 내가 수시로 화장실에 왔다 갔다 하고 자세를 바꾸며 소리를 내어도 절대로 깨지 않고 아침까지 쭉 자는 편이다. 물론 포즈는 다양하게 바뀌지만. 여러 가지 소리를 내고는 하는데, 대부분은 새근새근

숨소리다.

그걸 한 시간, 간혹가다 두어 시간 이상 듣고 있다 보면 같은 생활, 같은 시간을 보내는 우리인데 무엇이 다른 것일까 고민도 하게 된다. 혹시나 로스가스와 히레가스를 좋아하는 사람의 차이가 아닐까 하는 출처가 불분명한 생각까지 하게 된다. 지금은 새벽 2시가 지났으니까.

우리 둘은 돈가스를 주문할 때 명확하게 메뉴가 나뉜다. 돈가스 메이트는 튼실한 로스가스, 나는 야들야들한 히레가스. 분석을 해보자면 턱관절이 약하고 오래 씹는 것을 싫어하는 나는 등심의 퍽퍽한 느낌보다는 지방이 적고 질기지 않은, 비교적 부드러운 식감의 안심을 좋아한다. 돈가스 메이트는 등심이 보다 식감이 풍부하고 아무래도 고기다운 고기의 맛이 있어 좋아한다고 분석할 수 있겠다. 호탕한 편이니까.

이러한 차이점은 여러 곳에서 사사건건 발생한다. 예를 들어 돈가스 메이트는 진득하게 한 번에 한 가지 프로젝트를 진행하는 것을 선호하고, 나는 한

꺼번에 여러 개의 프로젝트를 동시에 진행하는 것을 선호한다. 에세이의 표지를 디자인하다가 환경 매거진에 들어갈 일러스트를 그리고 동시에 케이팝 아이돌의 사진들을 분류하면서 얼른 전자세금계산서도 발행하는 식이다. 마치 스타크래프트의 프로게이머처럼 쉴 새 없는 멀티태스킹으로 빌드업해간다. 그 사이 미간을 찌푸리며 사진집 인쇄 데이터를 노려보고 있던 돈가스 메이트는 파일이 문제없음을 확인하고는 비로소 인쇄소에 '잘 부탁드립니다.'로 끝나는 메일을 발송한다.

　　얼핏 듣기에는 여러 건의 일을 한꺼번에 처리하는 편이 능률 면에서 합리적일 듯하지만 과도한 멀티태스킹 탓에 가끔은 실수가 생기기 마련이다. 일꾼이 어딘가 갇혀 있다든가 여러 군데 신경 쓰는 사이 본진이 함락되고 있다든가 하는. 하지만 돈가스 메이트는 메일의 오타 하나까지도 실수가 없다. 본진을 강인하게 지키다 200퍼센트 채워지는 순간 앞으로 나아간다. 아무래도 적당히 씹고 빠르게 소화시키고 싶어 하는 나보다는 프로젝트의 본질을 여러 번 씹고 즐기며 맛보고 싶어 하는 것 같다. 우직한 편이니까.

덕분에 우리는 대부분 두 종류의 돈가스를 모두 시켜 먹는 편인데, 어떤 가게는 로스가스가 맛있고, 어떤 가게는 히레가스가 맛있어서 가게마다 골고루 먹어보는 재미가 있다. 아마도 조리에 쓰이는 화력이나 시간, 혹은 튀김 온도 등의 레시피 차이일 것 같은데, 분명히 가게마다 주력 메뉴가 무엇인지 알고 있지만 개의치 않고 둘 다 선호 메뉴를 그대로 고르는 점도 재미있다. 마치 에스파와 뉴진스처럼 둘 모두 자신의 메뉴에 대한 확고함이 있다.

정통한 먹보분류학에 따르면 소싯적의 나는 일종의 '알약파'였던 부끄러운 과거가 있다. '알약파'란 알약 하나만 먹으면 하루 음식량의 충족치가 채워지는 미래를 희망하는 단체로, 극단적으로 식탐이 없는 부류라고 볼 수 있다. 요즘은 '소식좌'라고도 부르는 것 같다. 돈가스 메이트는 '쩝쩝박사'의 한 분파로, 모든 식사 시간을 맛있다고 소문난 가게들로 스케줄링하려는 야심을 가진 일종의 '맛집 사전' 부류였다. 항상 맛있는 음식과 더불어 의미 있는 시간을 보낼 수 있어서 스마트폰이 존재하기 이전 시대에는 최고급 인력으로 분류되었다. 그 당시에는 위대한 나침반이며 동네의 김정호와도 같은 존재였다.

알약파였던 나는 돈가스 메이트의 인도하에 조금씩 식탐의 범위를 넓혀 나갔고 지금은 '간식파' 정도로 정착하게 되었다. 디저트 정도만으로도 식사를 즐길 수 있는 평범한 인간의 단계라는 것이다. 분당의 대동여지도로 명성을 떨치던 돈가스 메이트는 처음에는 내가 메뉴 선택 욕구가 적어서 컨트롤하기 편했지만, 그 선택에 대한 호응이 적고 맛집 사전의 위대함을 몰라봐주는 것에 실망해 차츰 메뉴 고르는 시간을 줄여갔다. 급기야 지금에 와서는 하루에 한 끼 정도는 비교적 맛집이 아닌 간단한 메뉴로 처리해도 된다는 합리적인 미니멀리스트 먹보가 되었다.

우리 둘의 '식사'라는 불협화음의 시간대에서 많은 가게와 음식들이 사라져갔지만, 타협점을 이룬 메뉴는 역시 돈가스였다. 당연한 이야기지만 돈가스 메이트는 돈가스를 무척이나 사랑했고 애정하였으며 가끔은 집착하기도 하였고, 알약파였던 나에게는 크게 부담 없이 즐길 수 있는 메뉴로, 일종의 완전식품이었다. 메뉴를 고르거나 가게를 찾는 데에 시간을 허비하는 것을 합리적이지 못하다고 생각하는 알약파들은 어느 정도 나이가 차면 알약을 대체할 수 있는 완전식품을 찾아 헤매는 여정을 떠나게 된다. 완전식품이란, 적당한 단백질과 지방, 또 적당한 채소류가 곁들여 있으며 국물이 함께 있으면 더욱 좋은, 그 하나만으로 대부분의 영양소를 충전할 수 있는 메뉴였다.

그리고 가장 중요한 점은 역시 어떤 가게를 가든지 그것을 고르면 후회 없이 즐길 수 있는 메뉴여야 한다는 것이었다. 완전식품의 허가는 그 메뉴만 섭취하면서 몇 년간 견딜 수 있느냐 하는 '올드보이 가능 수치'를 합격해야만 받을 수 있는데, 돈가스는 '완전 가능'이라는 만점에 가까운 수치를 받았다. 참고로 비슷한 수치를 획득한 메뉴로는 제육볶음이 있다. 돈가스와 제육볶음은 회사원의 대부분이 주식으로 흡입하는 메뉴라서 어떤 가게든지 질이 떨어지는 경우는 특별히 없다. 고급은 고급대로, 분식은 분식대로 고유의 맛이 있는 법이다.

그렇게 우리 둘의 주식이 된 돈가스는 나의 배 주위에 기름을 둘러버려서 나는 점점 알약파라고 부르기 민망하게 되었다. 그리고 쩝쩝박사는 더 이상 새로운 가게를 찾는 것이 무의미하다고 느낄 정도로 주변의 모든 돈가스 가게를 섭렵했다. 다른 메뉴나 가게를 찾는 시간에 돈가스 가게만을 주로 공략해버린 탓이다. 과연 돈가스에 더 이상의 낭만이나 특별함이 있을 수 있을까.

언젠가는 돈가스맛 알약 식량도 출시가 될 것이다. 그것은 돈가스라고 부를 수 있을까? 아니면 식탐을 잠재워주는 가상의 돈가스인 것일까? 하지만 무엇이든 괜찮을 것이다. 우리에게는 로스가스맛 알약과 히레가스맛 알약처럼 다르지만 서로를 존중할 수 있는 힘이 있으니….

'좋아요'는 안 눌렀어

안서영

아침에 눈을 뜨면 습관적으로 핸드폰을 집어 든다. 시간을 확인한 후 무의식적으로 인스타그램을 켠다. 스크롤을 내리며 지난밤 잠든 사이 쌓여 있는 소식들을 접한다. 마지막으로 연락한 게 언제인지 가물가물한 동창이 오늘도 승승장구하고 있다는 놀라운 소식, 건너 건너 아는 디자이너가 쓴 에세이가 베스트셀러 코너에 놓여 있는 모습, 유행에 뒤처지지 않으려면 꼭 방문해야 한다는 팝업 스토어에 발빠르게 다녀온 지인, 나만 없는 고양이의 우아하고 윤기 나는 꼬리, 사진 밖까지 뿜어져 나오는 제주도 비자림의 피톤치드, 간밤의 즐거운 모임에서 마셨다는 예쁜 내추럴 와인병들, 반짝이는 순간을 화사하게 보정하고 근사한 각도로 트리밍한 사진들에 종종 '좋아요'를 누르고, 아래로 쭉쭉 내리며 침대 속에서 30여 분을 보낸다.

솔직하게 드는 생각들은 이렇다. 이 사람 본업으로도 엄청 바쁠 텐데, 언제 이렇게 책까지 썼지? (나는 이 책을 n년째 쓰고 있다.) 주말에 날씨도 좋으니 다들 머나먼 곳에 가 있구나. (밀린 청소와 산더미 같은 빨래를 하고 나니 밖은 이미 어둑어둑.) 여기는 언제쯤 가볼 수 있을까? (한국 사람들 다 가본 것 같은데 아마 우린 영원히 못 가볼 듯.) 새벽까지 놀았던 게 대체 언제쯤인지 기억도 나지 않는다. (30대의 경기도민은 퇴근 후 집으로 곧장 가야 다음 날 살아 있을 수 있으니까.) 인스타그램 속에선 모두가 인생을 쉽고 빠르고 즐겁게 산다. 그리고 순간을 멋지게 편집해서 보여주는 방법을 아는 듯하다. 물론 나만 빼고.

그런데 이런 생각은 나처럼 평범한 사람뿐 아니라 슈퍼스타들도 하는 것 같다. 테일러 스위프트는 그녀의 팬에게 쓴 편지에 이런 말을 남겼다. "타인과 너를 비교하지 마. 그건 마치 남들의 하이라이트를 나의 비하인드 신과 비교하는 것과 같아." 하지만 릴스를 넘기다 보면 지루한 비하인드 신은 건너뛰고 하이라이트로만 살고 싶어진다.

나는 꽤 오래전부터 뜨거운 열정과 최고의 순간들을 네모난 모양으로 큐레이션한 온라인 전시장을 보는 것이 피곤해졌다. 그렇지만 알림음이 울리면 마치 기다렸다는 듯 앱을 켜게 되고, 끝없이 구경을 한다. 그러다 보면 조금 비참하고 기진맥진해지는데 매번 이런 과정의 반복이다. 이상하게도 피곤하고 지쳐서 아무것도 할 기운이 없을 때 SNS를 더 열심히 보게 된다. 요리하기 위해 몸을 일으키거나 식당에 갈 기력이 없을 정도로 허기가 질 때 인스턴트 음식으로 허겁지겁 배를 채우는 것처럼, 정신적인 공복을 가장 급하고 쉽게 주워 먹을 수 있는 이미지와 정보로 채우고 싶어져서일까.

의미 없다는 것을 머리로는 알고 있지만, 무한한 스크롤 아래로 잠수해본다. 피드의 폭포를 따라 어디론가 도망치고 싶은 기분을 느낀다. 언젠가 도쿄에 가게 되면 이 카페 가보고 싶다. 이런 잠옷 브랜드가 있구나. 패키지가 참 예쁘네. 화려하고 예쁜 간판 같은 것들. 언젠가 필요할지도 모르니까 캡처해두자. 아차. 그런데 내가 왜 이걸 보기 시작했더라. "잘난 사람 많고 많지 / 누군 어디를 놀러 갔다지 / 좋아요는 안 눌렀어 / 나만 이런 것 같아서" 딘이 노래한다. "저기 인스타그램 / 인스타그램 속엔"

인스타그래머블(Instagramable)은 '인스타그램에 올릴 만한'이라는 뜻으로 소셜 미디어를 통한 과시를 즐기는 소비문화와 이를 노리는 기업의 마케팅 트렌드를 말한다. SNS에 올리기 위해 특정한 장소를 찾아가는 것이 일상인 시대. 요식업이야말로 이 유행에 가장 민감할 수밖에 없다. 요즘 인기 있는 가게들은 SNS에 올리면 많은 '좋아요'를 받을 수 있는 알록달록 신기한 모양으로 예쁘게 플레이팅된 음식, 다른 나라와 시대에 온 듯한 경험을 위한 정교한 인테리어, 이곳에 다녀갔다는 인증샷을 찍을 수 있는 포토존 등을 필수로 갖추고 있다.

　마침 우리가 매일 출근하는 성수동은 현재의 유행을 이끄는 격전지 중 하나로 인스타그램에서 유명한 돈가스 가게도 몇 군데 있다. 주로 손님을 대접하거나 좋은 일이 있을 때 갈 법한 곳들. 서울의 집값처럼 하루가 다르게 치솟고 있는 돈가스 가격을 감안하더라도 꽤 비싼 값을 받는다. 거리에 세련된 공간들이 생기면 젊은이들이 흘러 들어오고 신선함이 감돈다. 하지만 동네의 모든 가게가 신기해지면 조금 곤란해진다. 매일 인스타그램에 올리기 위한 식사를 하고 싶은 것이 아니니까.

고백하자면, 내가 제일 자주 먹는 돈가스는 경기도의 한적한 인구 20만 도시, 내가 사는 동네에 있는 체인점의 로스가스다. 그렇게 유명하지도 않고 엄청난 맛이 있는 것도 아닌데, 어느 날 배달 앱에서 무료 배달 프로모션으로 우연히 시켜 먹어본 후 그 무난함이 좋아 단골이 되었다. 어떤 맛이길래 그렇게 자주 먹느냐고 물으신다면, 맛도 모양도 가격도 딱 적당한 보통 돈가스라고 표현할 수 있겠다. 매일 먹어도 부담이 없을 법한, 기본에 충실한 돈가스. 갓 튀겨 나와 황금색이 된 빵가루가 톡톡 서 있고 김이 모락모락 나는 이 돈가스를 먹기 전에 나는 늘 의식처럼 사진을 찍는다.

　　하지만 SNS에 올린 적은 한 번도 없다. 자랑할 정도로 특별하지는 않기 때문이다. 평범한 돈가스를 배부르게 먹고 집으로 돌아오는 길에 만난 풍경, 어딘가 기묘하게 생긴 동네의 구석, 손글씨로 삐뚤삐뚤 써놓은 재미있는 경고문, 오가다 만난 귀엽고 꾀죄죄한 털친구들 사진도 찍는다. 혹시나 하는 마음에 태그를 검색해보니 아직 그 가게 돈가스 사진을 올린 사람은 아무도 없다. 그곳은 인스타그램에는 존재하지 않는 가게인 것이다.

　결국 게시하고 싶어지는 것은 남들에게 보여주고 싶은 순간들. 1년여 만에 일거리를 껴안고 겨우 떠날 수 있었던 여행지 사진, 미팅하러 갔다가 처음 들러본 근사한 공간, 일을 하다가 운 좋게 겪게 된 비일상적인 경험. 별다른 것 없는 일상 사이에 어쩌다 끼어든 특별한 것들이다. 스스로도 그런 순간들만 편집해 올리면서, 다른 사람들은 매일 저렇게 특별하게 사는데 나만 이 모양인 것 같다는 생각에 종종 울적해진다. 그런 기분이 들 때를 위해 기억해두려 한다. 매일 먹는 평범하지만 정말 맛있는 돈가스 사진이 내 사진첩에 분명 존재한다는 것을.

엘리베이터 안에서

이영하

"내가 어제 부부 동반 모임을 갔는데 말이야⋯. 열에 여섯 커플은 이 문제로 다툰다고 하더라고. 왜들 그러는지. 그 이유가 뭐냐면⋯"

띠링. 12층입니다. 문이 열립니다.

엘리베이터는 우리 사무실이 있는 16층보다 네 층 아래에서 멈추었고 난 요즘 부부들의 60퍼센트가 겪고 있는 문제가 무엇인지 영원히 알 수 없게 되어버렸다. 다음에 다시 만나기를 기약할 수밖에⋯.

1년 전 사무실을 소형 상가 건물에서 수십여 개의 다양한 회사가 입점한 오피스 빌딩으로 옮긴 후 알게 된 점이 있다. 쉴 새 없이 수직으로 오르내리는 두 대의 엘리베이터 안에서 사람들은 생각보다 다양한 주제를 가지고 마이크로 커뮤니티에 임하고 있다는 것을. 서로의 어깨가 살포시 겹쳐지는 작고 밀폐된 공간, 낮게는 4층에서 높게는 16층까지 이동하는 찰나의 시간을 어떤 사람은 어색함을 피하려고, 어떤 사람은 업무 시간 전에 밀려 있는 가십거리를 전하려고, 어떤 사람은 본격적인 오후의 업무 방향성을 빠르게 정리하려고 활용하고 있었다.

생판 남이 있는 곳에서는 입을 굳게 다무는 우리 같은 사람은 이해하기 어려울 정도로, 대부분 주위 시선은 아랑곳하지 않고 사적인 이야기를 10초 타이머를 맞춰놓고 스피치하듯이 다다다 쏟아내고는 한다. 고개를 숙여 핸드폰을 바라보다가도 자연스레 귀를 기울이게 되는데 요즘 유행하는 스케치 코미디의 쇼츠 버전을 듣고 있는 기분이다.

"친구가 창업한 회사가 얼마 전 상장했어. AI 관련 기업인데…"
"그래서, 그 친구가 우리 회사에 투자해준대? 진짜 필요할 때 도움을 얻을 수 없다면 그건 별 의미 없는 관계야."

"우리나라에서 세금 없이 운용되고 있는 스포츠 리그는 프로야구밖에 없어요. 그런데 또 연봉은 프로축구 선수가 높죠."
"그래요? 그것참 편파적이군요. 왜 그럴까요?"

"〈닥터 후〉 봤어? '타디스'라는 게 나오는데, 밖에서는 작은 경찰초소처럼 생겼는데, 내부에 들어가면 엄청 넓은 우주선이야. 우리 같은 로봇 분야 연구자들은 그걸 꼭 알아야 하는데 말이야."

"과장님, 혹시 〈에반게리온〉은 보셨어요? 아, 〈에반게리온〉 이야기하고 싶네요."

엘리베이터에서 얻을 수 있는 정보는 범위가 방대하지만 잘 조절해서 들어야 한다. 가끔은 인생의 가치관을 뒤바꾸는 명언을 얻을 수도 있고, 때로는 전혀 생각지도 못했던 꿀팁도 접할 수 있다. 예를 들면 타디스의 스펠링은 TARDIS이고, 사무실 앞의 냉면집은 사장님이 계실 때만 작은 만두를 서비스로 준다.

"혹시 ○디자인이라고 알아?"

유난히 내성적인 성격인 탓에 구석에 숨죽이고 있던 우리는, 유난히 자의식 과잉인 탓에 귀를 쫑긋 세울 수밖에 없었다. 언젠가 음식점 옆자리에서 "우리는 모두 ○○룸의 팬이잖아요." 발언을 하는 스타트업 대표님으로 추정되는 분의 이야기를 들은 이후로 이제 소규모 디자인 스튜디오에 대한 이야기를 음식점에서 들을 수 있는 시대가 왔구나 하는 감개무량한 감동이 밀려왔다.

"논현역에 있는 ○디자인 말이야. 저번에 미팅을 갔다가 거기 사무실 건물 앞에 있는 돈가스집을 갔는데 아주 기가 막히더라구. 고기 자체가 맛이 달라."

앗, 디자인 스튜디오 따위보다 더욱 재미있는 소식이었다. 제발 이분들의 사무실이 우리보다 높은 층에 위치하기를 바랄 수밖에 할 수 있는 게 없었다. 아니면 최대한 빠르게 그곳에 대한 정보를 모두 속사포처럼 털어놓기를. 하지만 이야기를 하시는 분은 선한 눈의 거북이처럼 느긋해 보였고, 이야기 역시 느릿느릿 진행되었다. 엘리베이터는 생각보다 빠르게 목적지에 도착하고 말았다.

그 찰나의 순간, 우리가 수집한 정보는 논현역

과 강남역 근처에 CEO의 성을 딴 ○디자인이라는 상호명을 가진 디자인 업체가 있고, 그 사무실 건물 근방에 돈가스 가게가 있다는 것이다. 고기 자체의 맛이 다르다는 점과 이어지는 맛에 대한 찬사, 육질에 대한 부연 설명으로 유추해보았을 때, 단순히 과장이 아니라 수비드 방식처럼 고기의 숙성 방식이 달라 육질이 다르게 느껴진다는 이야기 같았다. 써놓고 보니 꽤 훌륭해 보이는걸.

하지만 불행히도 그분은 돈가스 가게의 상호명은 기억할 수 없는 것 같았고, 디자인 스튜디오 CEO의 성은 꽤 흔한 성씨였다. 우리는 사무실로 들어오자마자 마치 아침 9시의 주식 브로커처럼 거칠게 재킷을 벗고 가방을 소파에 던져버리고는 검색창을 열어 제한된 조건을 이용해 각자의 방법으로 미지의 돈가스 가게를 찾아보기 시작했다. 인터넷 세계로의 새로운 도전이었다.

날씨가 무척이나 더운 어느 날이었다. 오늘도 성수동은 외국인들로 북적북적했다. 엘리베이터 문이 닫히려는 찰나 식사를 마치고 온 어떤 층의 프로

그래머들이 얼른 달려왔다.

"요즘 저 가게 빵이 맛있나 봐. 제빵사가 일본인이라서 그런지 외국인들이 여기까지 와서 줄을 서네."

"맞아요. 다시 멜론빵의 시대가 돌아오나 봐요."

"아무래도 멜론빵은 일본이 원조니까 다르긴 한가 봐."

"멜론빵, 달달하니 맛있긴 하지."

사무실 건물 앞에 있는 작은 제과점 이야기였다. 일본인 부부가 직접 제빵도 하고 커피도 내리는 제과점으로, 마들렌과 스콘 위주의 빵들이 소소하게 인기가 있었는데 언젠가부터 사람들이 멜론빵을 먹겠다고 기다랗게 줄을 서기 시작하더니 이제는 외국인들이 삼삼오오 모여서 가게 앞에서 멜론빵을 들고 인증샷을 찍고 있었다. 심지어 괴상한 포즈와 함께 릴스도 심심찮게 촬영 중이었다. 우리가 점심을 먹고 지나가다 본 광경을 엘리베이터를 함께 탄 다른 사무실의 직원분들도 보고 온 듯했다.

그런데 그 가게의 줄이 길게 서 있는 이유는 사실 멜론빵의 시대가 돌아오고 있는 것도 아니었고, 주인이 일본인이라서도 아니었다.

'아닙니다. 그것은 현재 세계에서 가장 인기있는 아이돌 그룹이 유튜브 촬영 중 잠깐 방문해 멜론빵을 사 먹었기 때문이랍니다. 실은 벽에 저희가 작업한 앨범의 가사지도 붙어 있어요.'

엘리베이터에서 얻은 정보는 그 정보의 신뢰성에 대해서 정확히 찾아보거나 연구해볼 정도로 애정을 갖기 어렵다. 아는 것은 아는 대로 모르는 것은 모르는 대로, 대부분은 엘리베이터에서 내려 사무실로 가는 몇 걸음 사이에 구름처럼 사라져버리고는 말지만 번개처럼 살아남은 정보는 우리의 머릿속 어딘가에 고이 접혀 무의식이라는 서랍에 수납되어 있다. AI 관련 기업을 상장한 사업가는 친구에게 도움을 주지 않았으며, 프로야구 선수는 억울한 환경에 놓여 있으며, 로봇 연구자는 〈닥터 후〉를 꼭 봐야 한다는 정보를 무의식적으로 되뇌면서 말이다. 생각보다 우리는 신뢰할 수 없는 뉴스에 귀를 바짝 기울이며 살아가고 있다.

○디자인 옆 미지의 돈가스 맛집에 대한 정보를 접한 후, 우리는 수집한 정보들을 최대한 모으고 모아서 그 증거에 가장 합당한 식당을 두 군데로 도출해냈다. 하지만 호기심과 도전 정신이 생긴 반면, 좁은 활동 반경과 거듭된 업무로 꽉 차버린 스케줄 때문에 한강 남쪽으로 건너가보는 것을 포기했고, 그 와중에 유력했던 식당 한 곳이 폐업하고 말았다.

그렇게 시간이 흘러 마침 거래처와의 미팅이 그 남은 한 돈가스 가게 근처에서 있었고, 나의 돈가스 메이트는 그곳에 도착하자마자 기적처럼 오래전의 정보를 기억해내는 데 성공하였다. 그래서 그곳의 돈가스는 어땠냐고? 생각보다 우리는 신뢰할 수 없는 뉴스에 귀를 바짝 기울이며 살아가고 있다.

걸어서 식당 속으로

안서영

솔직히 말하자면, 이 책을 쓰기 시작하면서 체중이 많이 늘었다. 글감을 핑계 삼아 돈가스를 무척 자주 먹은 탓이다. 물론 커피나 자전거에 관한 책을 쓰고 있었더라도 돈가스는 많이 먹었으리라 장담한다. 그렇지만 두 번 중 한 번은 참지 않았을까 싶기도 하다. 소재를 위해서 다양한 돈가스 경험이 필요하다는 명분 아래, 오늘은 돈가스인가 샐러드인가를 주제로 나 자신과 싸울 이유가 사라진 지 오래다.

사실 예감하고 있었다. 매일 아침 몸무게를 확인하던 것이 어느 순간부터 일주일에 한 번, 몇 주에 한 번… 그리고 이제는 체중계에 마지막으로 올라간 시점이 잘 기억나지 않게 되었으니까. 게다가 코로나 시대를 겪으며 배달 음식을 먹는 것이 일상이 되었고 운동량은 줄어들었다. 그리고 모두가 알다시피 돈가스는 다이어트 음식이 아니다. 그것들이 차곡차곡 누적된 결과는 꽤 대단했다.

"어닝 서프라이즈네."

돈가스 메이트가 주식용어로 표현해주었다. 상장 이래 한 번도 그래프가 아래로 꺾인 적 없이 착실하게 우상향만을 그려온 성장주. 지난 2년 동안 팬데믹 수혜로 체중이 급격한 상승 곡선을 이루었다. 실적 발표 때마다 눈부신 어닝 서프라이즈를 달성하였으며 바야흐로 엔데믹 시대를 맞이했다. "돈가스 집 도장 깨기를 더욱 적극적으로 할 수 있게 되었으니 심지어 리오프닝 관련주이기도 해." 무척 얄밉지만 나도 모르게 픕 웃어버렸다. (참고로 그가 보유한 작고 귀여운 주식들은 연중 최저가를 끊임없이 경신 중이다.)

돈가스 메이트의 비뚤어진 농담처럼, 상장기업이었다면 초우량주였을 나는 아쉽게도 인간으로 태어났다. 체중 관리가 필요한 시점이 이미 한참 지났음을 인정해야 했다. 새 바지를 구입해야 하는 경제적 손실과 만날 때마다 살 좀 빼라는 엄마의 잔소리도 조금 반영했지만, 무엇보다 좋아하는 돈가스를 먹으면서 오래오래 건강하게 살아가기 위해서다. 그리고 운동은 어떤 상황에서도 옳으니까. 유일한 문제는 태어나 한순간도 운동을 좋아해본 적 없다는 것이다.

유행하는 운동을 몇 번 시도해본 적 있다. 헬스, 필라테스, 홈트… 심지어 닌텐도 링피트까지 샀다. 어땠냐 물으신다면 모두 '경험해본 것으로 만족'

이었다. 많은 사람이 추천하는 검증된 방법들이지만 등이 땀으로 축축하게 젖기 시작하면 급격히 방전되는 나와 잘 맞지 않았다. 출근 후 정신적 고통 스케줄이 가득 잡혀 있는데 퇴근 후까지 육체적 고통 스케줄로 채우는 건 너무 가혹하지 않나. 그렇게 투덜거리는 동안 시간은 참 빠르게 흘러갔다.

올해 2월, 안식월을 가졌다. 둘 다 번아웃과 건강 이상 신호를 느끼면서도 달리다가 결국 크게 넘어졌기 때문이었다. 일은커녕 생활이 어려울 정도가 되어서야 멈출 수 있었다. 다이어트도 문제지만 이제는 살기 위해 운동을 시작해야 할 때였다. 문제는 그동안 일 외엔 취미도 없던 삶으로 인해 기본 체력이 없다는 것이었다. 그럴듯한 운동을 하고 싶다는 욕심을 내려놓고 기본인 '걷기'부터 시작하기로 했다.

이불 밖은 위험하고 밖은 너무 추워. 나는 엉엉 엉 울며 집을 나섰다. 그런데 일단 밖으로 나오는 것에 성공하기만 하면 신기할 정도로 기분이 좋아졌다. 아침의 맑은 공기를 마시며 걸으면 몸과 마음이 깨끗해졌다. 일찍 여는 빵 가게나 카페를 목적지로 정하면 나서기가 더욱 수월했다. 그렇게 휘뚜루마뚜루 걸어다니다 보니 어느새 하루 만 보 정도는 거뜬해졌다.

코스는 늘 동네에서 크게 벗어나지 않는다. 같은 길을 매일 걸으면 사람과 동물과 식물의 모습에 따라 풍경이 조금씩 변한다는 것을 느낄 수 있다. 계절마다 나무의 색과 피어나는 꽃들의 향기가 달라진다. 5월은 시선이 닿는 구석마다 초록빛 비밀의 화원이 펼쳐지는 계절이다. 무성해진 잎사귀들이 햇빛을 받아 반짝거린다. 나무들은 바람에 빗겨지며 사락거리는 소리를 낸다. 그 순간을 바라보고 있으면 내가 이 별에 작은 두 발을 딛고 서 있는 존재라는 것을 새삼 느끼게 된다. 그렇게 풍경을 이루는 하나의 요소가 되어본다. 집에서 핸드폰을 바라보면 떠오르는 답 없는 근심, 일터에서 쌓인 걱정이 신선한 바람에 실려 날아가버린다.

나만 알고 싶은 길도 생겼다. 우리 집 옆 블록에 있는 재개발 구역이다. 나는 멈춰진 시간을 잠시 방문한 관광객이 된다. 이제는 사람이 살지 않아 텅 빈

거리, '출입금지' '위험' 테이프가 낡은 건물들의 입구마다 붙어 있다. 노랗게 피어난 이름 모를 들꽃과 구구 우는 산비둘기, 어슬렁거리는 치즈 고양이들이 이곳의 주인이다.

　아이들의 웃음소리와 그림자가 사라진 적막한 놀이터, 그곳을 지키는 아름답고 커다란 나무들. 21세기에는 만들어지지 않을 것이 분명한 고풍스러운 철제 창살, 벽돌집 앞에 화분을 옹기종기 모아 만든 정원은 가꾸는 이가 사라져도 꽃을 피운다. 저 집을 마지막으로 떠난 사람은 누구였을까. 다시는 열리지 않을 문을 마지막으로 닫는 순간은 어떤 기분일까 상상한다. "100년 후엔 내가 보고 있는 풍경, 아는 이들 모두 세상에 없을 거야. 그렇게 생각하면 현재가 좀 더 소중하게 느껴져." 누군가 이렇게 말했었는데. 그 이야기를 떠올리며 이 도시에서 가장 좋아하는 장소로 걷는다. 달콤한 향기의 때죽나무 꽃이 하얗게 피어난 작고 푸르른 동산까지.

　걷는 건 걸음마를 연습하던 아기 때부터 시작한 것인데, 어른이 된 지금도 배울 수 있다는 것이 신기하다. 걸을 수 있는 거리가 조금씩 늘어날수록 두 다리로 닿는 세상이 확장된다. 덤으로 허벅지에 근육이 조금씩 붙는다. 모든 것은 스쳐 지나갈 것이고 내일의 새로운 이야기가 이 길을 따라 펼쳐질 거라고 낙관하게 된다. 나의 운동 세계도 걸음마처럼 천천히 늘려나가고 싶다. 좋아하는 돈가스를 먹으며 오래오래 건강하게 살아가기 위해서.

한정판이야, 뛰어

이영하

뚝섬역에서 내려 작업실로 가는 길은 세 가지가 있다. 저마다의 장점과 단점이 골고루 섞인, 사실은 조금 마땅찮은 출근길들인데, '조금' 마땅찮다 보니 어떠한 루트로 고정하기보다는 '오늘은 이쪽이 조용할 것 같은 느낌다운 느낌'이라는 감으로 매일매일 다른 골목을 택하는 편이다.

세 가지 중 그나마 자주 선호하는 길은, 중간에 카페가 있어 커피를 테이크아웃할 수 있고, 작고 귀엽지만 사나운 '하이츠'라는 강아지를 만날 수 있는, '사나운 개가 살고 있어요' 골목이다. 항상 대문 앞에 심드렁하게 앉아 있는 녀석이었는데 우연히 이름을 알게 되어 지나갈 때마다 작게 부르곤 한다. 그 녀석은 따분한 표정으로 앉아 있다가도 "하이츠~" 하고 부르면 굉장히 기분 나쁘다는 듯이 작은 체구로 몸을 부르르 떨고는 컹컹 짖어대곤 한다. 처음에는 깜짝 놀라고 수치스러워 얼른 도망갔는데 여러 번 지나다니다 보니 동네의 모든 동물과 사람들에게 불만을 표출하는 녀석이었다. 재개발로 인해 주변이 시끄러운 공사판이 되어가는 탓에 예민한 성격이 되었을 수도. 그럼에도 귀여운 녀석이다.

두 번째는 일명 '유명 맛집이 되어버린 컨테이너 골목을 아시나요' 골목으로, 달마다 구청 직원과 실랑이를 벌이곤 하는 폐지 줍는 할아버지가 점거하고 있는 인쇄소 골목이다. 그나마 조용한 편이라 곧잘 지나다니곤 했는데, 인쇄소 옆 허름한 컨테이너가 멋진 일식집으로 변하면서 상황은 힙하게 급변했다. 지게차가 붕붕 종이를 옮기는 한편에서 혼잣말을 많이 하는 할아버지가 폐지를 정리하고, 그 옆엔 도메스틱 브랜드 모델 같은 멋쟁이 젊은이들이 줄을 서는 진풍경으로 변하였다. 시간이 지나면 인파도 서서히 줄어들겠지 했는데, 얼마 전 예능 프로그램에서 줄 서는 맛집으로 소개되면서 웨이팅이 더 길어졌다고 한다. 돈가스 메이트의 기민한 맛집 레이더 덕에 우린 가게가 막 오픈해서 알려지지 않았을 때 일찍이 맛보았는데, 과연 줄을 설 만큼 훌륭하긴 했다.

대망의 마지막 세 번째 루트는 웬만한 일이 아니고서는 잘 선택하지 않는, 말 그대로 차도 많고 사람도 많고 가게도 많은, '온 동네 힙스터 다 모여라' 골목이다. 힙한 캠핑용품을 전시 및 판매하는 카페가 있고, 그 앞에는 다수의 현란한 문신과 형광 별색으로 브릿지 염색을 한 힙스터들이 뭉게뭉게 담배 구름을 만들고 있다. 또 그 옆에는 커스텀된 오렌지색 외제차가 자주 서 있는 카센터가 있어 멋진 신식의 전투복을 입은 정비공들 역시 뭉게뭉게. 또 그 옆에는 '대한민국 3대'라는 거창한 별칭의 칼국수 음식점이 있어 직장에 목이 매여 살아가는 넥타이 부대가 뭉게뭉게한 표정으로 줄을 서 있다.

그리고 그 사이, 작고 오래된 건물 1층에는 조그마한 일식집이 있는데, 어느 날 굉장히 구미를 당기는 입간판이 놓였다.

히레가스 정식 하루 20그릇 한정!!

개인적으로 '한정판'이라는 개념에 약간 집착하는 편이다. 구매나 선택에 있어서 꽤나 합리적으로 고민하는 성격이라고 자부하는데, 무언가 간단한 것을 선택하더라도 심미성을 추구하면서도 실용성을 놓지 않으려는, 도무지 서로 타협이 되지 않는 혼자만의 고난의 시간을 은근히 즐기는 편이다. 이러한 시간의 레이어가 겹쳐지면 최대한의 폭넓은 선택지를 가지고 쓸모없는 기회비용을 낭비하는 나날들이 이어진다.

원두를 고르는 데 한 달, 드립 서버를 고르는 데 세 달, 그라인더를 고르는 데 여섯 달, 드립 머신을 고르는 데 1년, 사무실을 고르는 데 2년. 마우스를 고르는 데 32년. 커피를 마시려 마음을 먹으면 2년 정도 지나야만이 충분한 시간을 가지고 고민한 결과물로서의 세트가 완성되어 그다지 마음에 들지 않는 마우스를 달각거리며 해외 직구로 받은 머신으로 내린 드립 커피를 마실 수 있다.

그 와중에 가끔씩 합리성이 결여된 선택의 기로에 놓이는 경우가 생기는데 그러한 경우의 대부분은 '희소성'이 눈에 들어왔을 때다. 대중적이면서도 훌륭한 평판을 자랑하는 제품과, 약간의 엉뚱함이 묻어나고 재기발랄하지만 구하기 어려운 제품 중 무엇이 좋은 물건일까. 물론 전자가 안정적인 선택일 수 있지만 대다수의 문화 계통 종사자들은 후자를 택하리라 예상한다. 그리고 그것을 손에 넣고 눈을 반짝이며 불편하게 사용하다가 서랍에 슬며시 넣고는

'이래야 경제도 돌아가는 것이겠지.'라고 생각하는
편이다.

히레가스 정식 하루 20그릇 한정!!

처음 그 간판을 본 후, 온종일 그것에 대해 생
각하게 되었다. 식탐은 없는 편이지만 단순히 그 문
구가 주는 울림이 마음에 들었다. 왜 하루 20그릇이
지? 빠르게 매진되는 것일까? 직장인들을 위한 점
심시간을 이용한 특제 메뉴? 스시가 메인인 일식
집에서 20그릇만큼의 고기만 준비하는 것일까? 준
비 과정이 무척 고돼서 20그릇만 한정으로 내보이
는 것일까? 아니면 신메뉴를 위한 테스트 차원? 왜
로스가스가 아닌 히레가스지? 정식 세트라면 아무
래도 전통의 우동을 같이 주겠지? 스시도 포함된 걸
까? 등등의 상상으로 하루를 보냈다. 단순하지만 성
공적인 카피라이트였다.

다음 날, 모처럼 일정이 한가해 우리는 오픈 시
간에 맞춰 달려갔다. 운 좋게도 그 한정판 히레가스
정식 2세트를 손에 넣을 수 있었다. 돈가스 메이트

와 나는 "와, 우린 참 운이 좋아. 한정판 메뉴를 먹을 수 있다니."라며 희희낙락했다. 일본풍 패턴이 그려진 스티로폼 박스에 역시 전통의 우동, 동그랗게 말린 요즘 히레가스가 아닌 클래식한 기다란 히레가스, 밥 한 주먹으로 이루어진 세트 메뉴였다. 우연히 입간판을 발견했던 우리를 자화자찬하며 기뻐했지만 그 후 몇 번 도전해보니 대부분 허탕 치는 일 없이 먹을 수 있었다. 게다가 정식이 아닌 히레가스 단품은 한정판도 아니었다. 제일 중요한 '맛'은? 보통의 돈가스였다. 평범보다 조금 더 맛있는 돈가스.

우리는 여러 가지 소비를 하면서 살 수밖에 없다. 정말 필요해서, 그냥 갖고 싶어서, 그리고 가끔은 한정판이어서. 결국 한정판이라는 것은 소비의 이유를, 콘셉트를, 결국에는 그 소비에 대한 스토리텔링을 제공해주는 것 아닐까. 그래서 나는 오늘도 아침 10시 30분에 SNKRS 홈페이지에 접속해 평소 신고 다니기에는 난해해 보이는 컬래버레이션 농구화 드로우를 '제발 이번만큼은'이라는 간절한 마음으로 클릭하며 또 시간을 허비하고 있다.

금붕어 작전

안서영

'이 선택지들이 모여 나라는 사람을 정의하게 되는 걸까?'

친구가 보내준 링크를 타고 들어가 인생의 백한 번째 MBTI 테스트를 마친 후 했던 생각이다. "길고 고단한 한 주의 끝, 주말에 내가 기다리는 것은?" 이런 건 쉽다. 당연히 '영화나 게임 등을 즐기는 나만의 시간'이지.

그런데 "당신은 비판적이고 올바른 사람? 아니면 타인을 배려하는 사람?" 이런 질문은 어렵다. 돈가스 메이트에게 나는 어떤 쪽이야? 물어보니 "타인을 많이 배려하긴 하는데 나에게는 엄청 비판적이기도 하지."라는 대답이 돌아왔다. 좋아, 더 알쏭달쏭해졌군. 두 성향 모두를 가졌다면 결국 6단계의 선택지 중 중립을 골라야 하는 걸까? 그 후에도 고르기 어려운 질문이 이어졌고 한참을 고민하다 에라, 모르겠다는 심정으로 어쩔 수 없이 선택한 결과물이 화면에 나타났다. 이번에는 다르지 않을까 싶었는데 오늘도 같았다. 안서영 님의 성격 유형은 '잔 다르크'입니다.

이제는 서로 MBTI를 묻는 것이 묻지 않는 것보

다 자연스럽다. 상대에 대해 어떤 희미하고 어렴풋한 인상만을 가지고 있다가 그가 "저는 J(계획형)예요."라고 정체를 밝히는 순간 "어머, 역시!" 하고 퍼즐이 짝 맞춰지는 산뜻한 기분.

다만 누구나 이 주제를 좋아할 거라고 낙관하면 조금 위험한 것 같다. 실제로 나는 "혹시 내향형이신가요?"라고 물었다가 5초간 정적을 겪은 적이 있다. 과묵한 인상의 그는 비슷한 질문을 여러 번 받았는지 조금 질렸다는 표정을 지었다. "MBTI 테스트를 해본 적 없어서요." 업무로 만난 사이의 어색한 분위기를 깨려고 한 질문에 오히려 전보다 더 어색해졌다. 그러고 보면 나도 옛날에 혈액형 같은 대화 주제를 별로 좋아하지 않았다. 사람을 겨우 네 가지 성격으로 나누다니, 너무 단순하다고 느꼈다. '우와 진지한 분이네. 근데 MBTI를 싫어하는 사람들을 따로 구분하던데.' 속으로 말하던 찰나 쓴웃음이 섞인 대답이 들려왔다. "그런데 요즘은 저 같은 사람을 MBTI 거부자 타입이라고 부르더군요. 하하." 뜨끔. 혹시 제 마음이 들렸나요?

MBTI, 혈액형, 사주, 별자리 등 유형화 테스트는 늘 인기인데 그럴 만한 이유가 있다. '나는 어떤 사람'이라고 정해두면 여러모로 편해지기 때문이다. 우리는 선택할 것이 너무 많은 시대에 살고 있다. 예를 들어 '칫솔'이라고 포털 사이트에 검색하면 판매하는 상품 결과는 무려 230만 개가 뜬다. 우주의 별만큼 무한한 칫솔들의 목록을 비교하며 구석구석 잘 닦이는지, 친환경적인 소재인지, 형광색 등산복이나 외계인이 연상되는 디자인은 아닌지 등등 수많은 고려 사항과 리뷰들을 읽다 보면 칫솔학 박사 학위에 점점 가까워진다.

칫솔학 전공 한 시간 만에 겨우 정신 차리고 결제에 성공한다 해도 당장 먹을 점심 메뉴, 내일 미팅에 입고 갈 옷, 자기 전에 감상할 영화 등 나를 기다리는 선택지가 끝없이 펼쳐져 있다. 실패가 두렵기에 결정은 늘 어렵다. '소중한 두 시간을 그저 그런 영화를 보며 낭비하고 싶지 않아.' 영화 한 편 고르겠다고 넷플릭스 예고편들만 두 시간 동안 시청했던 것처럼. 이럴 때면 "나는 마동석 나오는 영화라면 무조건 본다."라고 말할 수 있는 사람들이 부럽다.

그래서 나도 스스로에 대해 단언할 수 있는 부분이 있는가 고민해보았다. 음, 일단 나는 튜닝, 퓨전, 혼종 이런 것을 거부하는 사람이다. 노트북에 스티커 붙이기? 남의 것을 보는 것은 재미있지만 내 노트북은 깔끔한 편이 좋다. 핸드폰 OS의 폰트를 귀엽고 동글동글한 손글씨로 바꾸는 것? 상상해본 적도 없다. 라면 물은? 라면 1개당 500ml를 정확히 계량해서 끓여야지요. 커피는? 싱글 오리진. 완벽한 공간 디자인이 인상적이었던 카페에 사장님이 본인 취향을 담은 소품을 조금씩 추가하거나 가구 배치를 바꾸기 시작하면 '아. 안 돼!'라고 (마음속으로) 외친다. 나는 믿는다. 전문가가 고심해서 만들어놓은 비율과 완성품에는 합당한 근거가 있을 것이라고. 어차피 튜닝의 끝은 순정이다.

튜닝을 믿지 않는 맥락과 더해져 시도조차 하지 않았던 음식들이 있다. '돈가스 김치 나베' 또한 그 목록에 당당히 자리하고 있었다. 메뉴판에서 사진을 처음 봤을 때의 충격이 아직도 기억에 생생하다. '김치찌개에 돈가스가 빠져 있다고? 합성인가?' 둘 다 좋아하는 음식이지만, 그건 두 가지를 각각 주문해 먹을 때다. 굳이, 왜 김치찌개의 빨간 국물에 돈가스가 풍덩 빠져 있는 것일까? 조리 방식과 비주얼, 존재의 이유 모두 납득이 어려웠다. 그런 이유로 나는 '돈가스 김치 나베'를 무척 오랫동안 마음속 괴식의 전당에 올려두었다.

그런데 얼마 전, 그 문제의 음식과 예기치 못한 만남을 가지게 되었다. 추천을 받아 방문한 돈가스 가게의 모든 테이블에 새빨갛게 빛나는 돈가스 김치 나베가 놓여 있던 것. 그 집의 대표 메뉴였던 모양이다. 처음 가본 식당에서는 꼭 시그니처를 먹어봐야 하는데 어떡하지…. 무척 갈등하다가 결국 그것에 도전하기로 결심했다. 나로서는 인류 최초로 복어를 먹어본 기안BC 8400의 시도에 비견할 큰 결심이었다. 언젠가 반드시 모험을 해야 한다면 바로 지금, 여기일 것이라고 마음먹었다.

그리고 태어나 처음 먹어본 돈가스 김치 나베는 놀랍게도 꽤 맛이 있었다. 아니, 더 솔직히 말하자면 한국인이라면 끌릴 수밖에 없는 맛이었다. 튀김옷의 바삭함이 여전하면서도 국물이 스며들어 촉촉한 돈가스와 보글보글 끓고 있는 칼칼한 국물을 먹으니 몸속 깊은 곳까지 뜨끈해졌다. 돈가스 한입 얼큰한 김치 나베 한입을 영원히 번갈아 먹을 수 있겠다 싶을 정도였다. 돈가스는 다 먹어갈 즈음엔 조금씩 느끼해지곤 하는데, 이건 마지막 한 술까지 개운하다는 점도 매력이었다. 이렇게 나는 예상하지 못한 순간에 돈가스의 새로운 지평을 만났다.

든든한 배를 두드리며 문득 J언니를 떠올렸다. 그녀는 늘 보통 주문하지 않을 것 같은 음식을 골라 사람들에게 깊은 인상을 남기곤 했다. 예를 들면 순대 전문점에서 모두가 순대국밥을 외칠 때 혼자 고구마 돈가스를 주문하는 사람이었다.

가장 기억에 남는 순간을 꼽자면 김밥천국에서 김치말이 국수를 골랐던 때다. "…진짜 김치말이 국수 드시게요?" "응! 왜?" 그녀는 내가 가리킨 포스터는 아랑곳하지 않고 발랄하게 대답했다. 포스터에는 사발 가득 살얼음과 차가운 김치 조각이 동동 뜬 김치말이 국수 사진이 커다랗게 들어가 있었다. "김밥천국에서 김치말이 국수 시키는 사람 처음 봐요." 게

다가 한겨울, 눈이 내리는 영하의 날씨였다. 곧 잘게 썰린 오이 위에 살얼음이 소복이 앉은 푸짐한 그릇이 식탁에 놓이고, J언니는 당황한 눈치로 국수를 한입 맛보고는 명언을 남겼다. "이거 세상에서 나를 제일 싫어하는 사람이 만든 음식 같아." 참고로 그녀는 오이를 못 먹는 사람이다.

그녀는 그 후에도 크고 작은 실패를 겪었지만 굴하지 않았다. 매운 것을 잘 먹지 못하면서도 불꽃 표시가 다섯 개 달린 메뉴를 용감하게 선택했다. 나는 그럴 때마다 걱정하면서도 내심 앞으로 펼쳐질 장면을 기대하곤 했다. J언니는 시뻘건 소스가 뚝뚝 떨어지는 할라페뇨 낙지 케밥을 한입 먹고는 쓰읍 하 매운 숨을 연달아 내쉬었다. "이거 엄청 매워⋯. 근데 너무 맛있어!"

그녀는 내가 아는 이들 중 회복탄력성이 가장 뛰어난 사람이다. 설령 오늘 고른 김치말이 국수에 실패하더라도, 좋은 경험이었다며 시원하게 웃는다. 그리고 내일은 내일의 이상한 메뉴를 고를 것이다. "나는 추천이라고 크게 쓰여 있는 메뉴는 왠지 안 끌리더라고. 궁금한 거 먹어보는 게 더 재밌잖아." J언니는 늘 자신이 내성적인 사람이라고 주장하는데, 내가 보기엔 대문자 E다.

반면 나는 실패를 잘 잊지 못하는 사람이다. 지금 이렇게 돌다리도 두드려보고 건너게 된 것 역시 다양하게 망했던 기억이 차곡차곡 쌓여 있어서다. 잠이 잘 오지 않는 밤에는 머릿속 극장에서 나의 과거를 다룬 드라마 〈더 다크 히스토리〉 시리즈가 몇 시간씩 상영되곤 한다. 사회 초년생 무렵 엄청 혼난 후 화장실에서 숨어 울던 장면이 그 작품의 하이라이트다. 당시 실수라는 실수는 모두 해본 것 같다. 며칠 동안 열심히 한 작업 파일의 레이어를 실수로 모두 합쳐버려서 결국 당시 사수가 진땀을 흘리며 뒷수습했던 적도 있고, 철야 작업 후 몽롱한 정신으로 엉뚱한 파일을 최종 발주하고는 다음 날에야 알아차렸던 아찔한 장면도 있다.

애플TV의 인기 코미디 〈테드 래소〉에는 금붕어 작전이라는 것이 나온다. 미식축구 감독인데 어쩌다 보니 영국 프리미어 리그 축구 감독이 된 테드 래소가 5:0으로 크게 지고 좌절한 선수들에게 하는 조언이다. "지구에서 가장 행복한 동물이 뭔지 아나? 바로 금붕어야." 15초 만에 기억을 잊어버리는 금붕어가 오히려 가장 행복할 수 있다는 역설적인 이야기다. 당연하지만 긴 시즌 내내 모든 경기를 이기는 팀은 없다. 실패는 시도에 반드시 따르는 과정이니까. 좌절의 기억은 10배속으로 재생해서 배울 점만 배우고 빠르게 잊어버린 채 다음으로 나아가는 팀이 더 좋은 경기를 펼칠 수 있다.

요즘은 많은 것을 알고 있다고 안주하는 마음이 오히려 새로운 가능성을 막고 있는 것 아닐까 생각한다. 내가 아는 것들이 전부라고 느껴져 일상이 지루해질 때, 살짝 경로를 바꾸어 늘 가던 길의 옆길로 가본다. 생소한 음식을 맛보거나 낯선 분야의 책을 읽으며 작은 새로움을 만난다. 실패한 메뉴의 기분은 잊어버리고, 오늘도 가보자고! 해보자고!

잔 다르크와 독재자

이영하

돈가스 메이트는 '열정의 잔 다르크' 유형이다. 이성적으로 계산해 승산이 없으면 깔끔하게 포기하는 '용의주도 전략가' 유형인 나로서는 돈가스 메이트의 전혀 생각지 못했던 부분에서 속절없이 터져버리는 분노유발점이 희한할 따름이다. 가끔은 그 정도가 심해 우려스러울 정도인데, 그것은 겨울철에 며칠간 빨래가 마르지 않는다고 아파트 베란다에서 분통을 터트리거나 여름철에 햇빛 때문에 눈이 따갑다고 사무실 블라인드를 거칠게 내리다가 고장을 내기까지 하는 종류의 것들이다. 또는 버스가 너무 늦게 온다며 눈에 쌍심지를 켜고 앱을 계속 새로고침한다거나.

그런 현상을 볼 때마다 나는 불똥이 튀지 않는 거리로 멀찌감치 대피하곤 한다. 내가 그 분노유발점의 대상이 아님을 감사해하며 저런 일로 감정을 소모하는 것은 조금 비효율적이지 않을까 분석해본다. 버스는 배차 간격과 도로 사정에 따라 운행할 것이고, 우리나라는 뚜렷한 사계절이 존재하는 나라이며, 사무실은 전망이 좋아야 한다며 통유리창이 많은 건물을 택한 것은 결국 본인이었는데, 라는 말을 속으로 삼키면서 말이다. 그녀는 현실적인 이해보다는 이상주의적인 꿈으로 인해 항상 괴로워하고 분노하는 편이다. 오늘도 현실보다는 이상의 끄트머리에서서 세상의 불편함에 절규하고 있다.

디자인은 대외적인 이미지와는 달리 몽상보다는 현실과 맞닿아 있는 부분이 많아 타협할 지점이 많은 분야다. 아이디어가 '뿅' 하고 떠올라서 '촤라락' 그림을 그리고 멋진 타이포그래피와 레이아웃이 '착착착' 붙어가는 과정은 운이 좋으면 1년에 한 번이나 올까 말까 한 유명 밴드의 내한공연 같은 이벤트이다.

보통은 두 눈을 가린 채 안갯속을 더듬어가며 길을 찾는 과정에 있다. 콘텐츠에 대해 브레인스토밍하고 리서치를 통해 추출해낸 몇 가지 요소 중 '그나마' 어울리는 지점들을 '어렴풋이' 선으로 이어나가는 작업이 대부분이다. 대부분 최선의 포인트를 착착 연결하기보다는 디자이너와 클라이언트, 타깃층과 구매층, 예산과 경비 등의 타협점을 조금씩 맞춰나가야 하기에 지극히 현실적이다. 그녀는 오늘도 현실의 캔버스와 이상의 시안 사이에서 고민하며 불안해하고 있다.

하지만 그런 그녀도 먹을 것에 관련된 일에는 '몽상가 잔 다르크'가 아닌 '냉철한 독재자'가 된다. 가격과 감성을 모두 만족하는 실리적인 메뉴 선정과 완벽한 시간 계산은 물론이고, 주문할 때도 요구 사항을 합리적인 방법으로 단호하게 외치고는 한다. "사장님, 여기 히레가스 정식 하나와 로스가스 정식 하나요. 로스가스 정식은 카레 말고 우동으로 부탁드립니다. 그리고 혹시 여기 손 씻는 곳이 어디 있을까요?" 완벽한 식사를 위한 위대한 독재자다.

젓가락질에 관한 책을 디자인한 적이 있다. 『젓가락질 너는 자유다』라는 제목으로, 기이한 젓가락질을 하는 사람들을 인터뷰하고 그 젓가락질의 모양을 촬영해 도판으로 삽입한 책이었다. 젓가락질로 인해 편견과 차별을 받아온 '젓가락질러'들의 솔직한 이야기와 상황별 솔루션까지 담긴 책으로, 그들의 길고 긴 투쟁의 역사를, 그들의 혁명의 역사를 볼 수 있었다. 돈가스 메이트는 이 책을 디자인하기 위한 작가님과의 미팅에서 손을 번쩍 올리고 볼펜 두 자루로 젓가락질을 하며 외쳤다.

"저도 자유로운 젓가락질의 소유자입니다!"

그녀는 마치 마동석처럼 주먹을 불끈 쥐고 엄지는 곧게 세워 따봉을 외치는, 책에서는 '엄지척 기술'로 수록되어 있는 포즈의 젓가락질을 구사하며 고정관념에 대항하는 어엿한 '젓가락질러'였다. 젓가락질을 열심히 하며 식사하는 모습을 보면 그릇을 때리고 있는 것인지, 밥을 먹고 있는 것인지 모를 정도다. 나는 그 모습을 '분노의 울버린 식사법'이라고 부르고는 한다.

함께 식사를 하고 있으면 "돈가스 가장 잘 먹는 사람 나야 나~" 이런 노래가 떠올라 재미있지만 가끔 격식 있는 자리에서는 적잖이 창피하기도 하다. 물론 몇 번 고쳐보려 시도한 적이 없는 것은 아니지만, 항상 월등하게 빠른 속도로 자신 앞에 있는 돈가스를 해치우고 내 돈가스를 없애는 걸 도와준다며 주먹을 불끈 쥔 채로 마치 울버린이 수많은 적들을 베어버리듯이 돈가스 조각들을 가져가는 모습을 보며 속으로 생각했다.

'젓가락질마저 잘했으면 내가 먹을 게 더 없었겠어.'

돈가스의 종류에 관해서도 그녀는 '혁명을 꿈꾸는 잔 다르크'보다는 '정통보수 독재자'에 가깝다. 로스가스나 히레가스, 좋게 봐줘서 치킨가스 정도까지만 '정파'로 분류해 돈가스라는 음식으로 정의하고, 김치 나베나 아쿠아돈가스 등등의 잡다한 돈가스들은 '사파'로 취급해 '돈가스 정파'로서의 채신을 지키기 위해 가까이하지 않는다. 혁명보다는 안정을 택하는 편이었다.

촌에서 올라와 여러 생경한 메뉴를 탐방하던 나로서는 왜 어떤 식당에서나 로스가스 혹은 히레가스만 주문하는지 궁금했다. 어느 날, 몇 번의 데이트 끝에 일본식 돈가스 식당에서 결국 그 이유에 대해 물어봤다. 돈가스 메이트는 예의 '따봉' 젓가락질로 큼지막한 돈가스를 하나 집어 입에 넣으려다 조신하게 내려놓으며 대답했다.

"그것이 돈가스의 원형이잖아요."

오늘도 영하의 날씨라 빨래를 할 수 없다며 분노가 가득 이글거리는 잔 다르크를 보며 세상만사에 스트레스받는 것 아닌가 하는 걱정이 들다가도 저런 열정이 모여 건조기와 에어컨, 버스 시간 알림 서비스가 만들어졌다고 생각하면 새삼 존경할 만하다는 생각이 들기도 한다. 나 같은 사람들만 있었다면 모두들 한겨울에도 태평한 표정으로 쉰내 나는 옷을 입고 오지 않는 버스를 하염없이 기다리고 있었겠지 싶기도 하고.

또 돈가스 메이트의 이상향을 향한 아이디어는 조심조심 작업을 이어가다 그곳에 도달하게 되면 최고의 작업물로 완성되는 놀라운 경험을 선보인다. 물론 그 과정은 괴로운 혁명의 길이기에 언제나 해낼 수는 없지만 말이다. 결국 배를 채워주는 것은 현실이라고 하더라도 작업자로서의 영혼을 채워주는 것은 이상인가 보다. 누군가가 현실을 살고 있다면 누군가는 영혼을 채워주는 역할도 해야 하는 것이겠지….

오리지널 세포깡

안서영

날씨가 무척 아름다운 날들이 이어지고 있다. 반소매 티셔츠만 입어도 괜찮은 쾌적한 온도와 촉촉한 수분을 머금은 공기. 청량한 풀 향에 섞인 흙먼지 냄새를 느끼고 이제 여름이 오려나 하면 비가 내리고 다시 서늘해진다. 5월의 후반에 다다른 지금, 맑거나 바람이 불거나 비가 오는 모든 날씨가 각기 아름다웠다. 과연 계절의 여왕이라고 부르는 이유가 있구나. 그런 생각을 하며 걷다가 소풍 가는 어린이들을 만났다. 확성기를 들고 열심히 통솔 중인 선생님의 목소리와 까르르거리는 아이들의 웃음소리, 팬데믹 동안은 보지 못했던 반가운 광경이라 괜히 뭉클해진다. 어린이들이 앞으로는 매해 소풍을 가서 즐거운 추억을 가득 만들었으면 좋겠다.

그 모습을 보고는 나의 어린 시절, 소풍을 가던 5월의 추억을 떠올렸다. 나는 초등학교 1학년 때 경기도 성남시로 전학 온 후 그곳에서 스무 해 넘게 살았다. 태어난 곳은 서울이지만 가장 오래 산 성남시 분당구를 고향처럼 느낀다. 당시 그 지역에 살던 학생들은 중앙공원, 율동공원 두 코스로 소풍을 가곤 했다. 시에 지하철 노선이 개통되고 얼마 지나지 않앗을 무렵, 소풍 장소인 공원으로 다 같이 지하철을 타고 가던 장면을 한 장의 사진처럼 선명하게 기억하고 있다. 우리 초등학교가 있던 역부터 중앙공원 근처 역까지는 세어보면 두 정거장밖에 안 되는 짧은 거리인데 여덟 살이었던 당시엔 정말 긴 시간처럼 느껴져 무척 설레던 감각도 남아 있다.

소풍의 꽃은 뭐니 뭐니 해도 도시락 아닐까. 엄마가 새벽부터 일어나 각종 재료를 정성스럽게 준비해 싸준 김밥 도시락을 공원의 너른 잔디밭에 앉아 삼삼오오 모여 먹곤 했다. 얼마나 특별하고 맛있었는지. "통에 담기는 순간, 뭐든지 다 맛있어진다니까."라는 『고독한 미식가』의 작가 구스미 마사유키의 말처럼 도시락통에 담기는 순간 평범한 음식도 배로 맛있어지는 마법이 있다.

그러고 보니 소풍뿐 아니라 초등학교 저학년 시절 몇 년간 엄마가 싸준 도시락을 들고 학교에 갔었다. 학교에 급식소가 지어지기 전의 일이다. 점심시간마다 친구들과 책상을 앞뒤로 붙여 도시락 반찬을 사이좋게 나누어 먹었다. 돈가스는 가장 좋아하는 메뉴 중 하나였다. 도시락 뚜껑을 여는 순간 돈가스가 짠 하고 나오면 그날은 무척 신나는 날이었다.

보온 도시락 안에 들어 있던 돈가스는 갈색 소스와 수분이 돈가스 겉면에 스며들어 뜨뜻미지근하면서도 눅눅해졌다. 분명 이상적인 돈가스의 조건과는 먼 상태인데 그때는 이상하게 그게 또 굉장히 맛있었다. 돈가스 반찬은 모두에게 인기 있었기 때문에 친구들의 "나 한입만!" 부탁을 거절하지 못하다가 정작 자신은 한입도 먹지 못하게 되어 울상을 짓는 친구도 있었다. 나는 가끔 친하지도 않은 녀석이 냄새를 맡고 와서 젓가락을 난폭하게 들이밀면, 반찬을 밥 아래에 잘 묻어 숨기고 시치미를 떼기도 했다. 내가 좋아한 친구들은 맛있는 반찬을 맛보고 싶을 때 무척 정중히, 한 개만 먹어도 되는지 물어보는 아이들이었다. 돈가스를 싸 온 친구가 나도 몇 개 먹지 못했다며 거절하면 깨끗이 포기하기. 어린이 도시락 세계의 매너였다. 그러다가 급식소가 다 지어지면서 엄마가 싸준 도시락은 추억이 되었다. 지금은 급식도 무척 그립지만.

웹툰 〈유미의 세포들〉에 이런 에피소드가 있다. 그간 벌어진 이런저런 연애 사건들을 수습하느라고 지친 '유미'의 세포들. 결국 본부(본가)로의 귀환을 결정한다. 갑작스러운 연락이었음에도 본부는 기다리고 있었다며 흔쾌히 귀환을 수락한다. 터덜터덜 고향에 돌아온 유미를 역으로 마중 나온 아빠는 아무것도 묻지 않는다. 그저 엄마가 음식을 하고 있다며 다급하게 집으로 실어 나른다. "빨리 앉아! 식으면 맛없어!" 집에 오자마자 엄마는 그녀를 자리에 앉히고 고봉밥이 수북한 밥상을 차려낸다. 유미가 음식을 먹으면 새우깡을 패러디한 세포깡(영양소)이라는 것이 몸속에서 만들어진다는 설정이 있는데, 오랜만에 엄마가 만들어준 집밥을 먹었더니 그동안 출시되지 않았던 '오리지널 세포깡'이 한정 판매된다. '이 맛… 정말 그리웠어. 어디 파는 데도 없고.' 식욕을 담당하는 출출 세포는 자신이 가진 전 재산(아마도 소화력?)을 올인한다.

"여기 있는 거 다 줘."

엄마가 만들어준 밥을 매일 맛있게 먹는 것이 당연했던 시절이 있었는데, 어른이 되어 독립한 후로는 굉장히 귀한 경험이 되었다. 얼마 전 엄마한테 그때의 돈가스를 다시 만들어 달라고 조르니 옛날 일이라 어떻게 만들었는지 기억이 잘 안 난다며 얼렁뚱땅 넘어가려는 눈치였다. 예전이라면 '오랜만에 집에 온 딸이 먹고 싶다는데 너무해!' 하고 조금 서운했을 것 같다. 그런데 그때의 엄마 나이에 가까워진 지금의 나는 이해한다. 엄마는 요리 솜씨가 무척 좋았지만 요리하는 과정을 그리 즐기지는 않았던 것 같다.

실은 내가 그렇다. 재료를 지나치게 씻고 다듬는 편이라 조리시간이 무척 오래 걸린다. 정리까지 하면 세 시간은 훌쩍 지나 있다. 왜 이렇게 살림 솜씨가 늘지를 않나 늘 의아했는데 엄마가 느릿느릿 설거지하는 모습을 보고 알았다. 내가 앞으로 몇십 년간 설거지를 연습해도 절대 속도가 빨라지지 않으리라는 것을…. 그래도 그때 엄마가 하루종일 고생하며 만들어주었던 삼시세끼 오리지널 세포깡 덕분에 나는 분명 이렇게 어엿하게 잘 자랄 수 있었다. 고마워요, 엄마.

우리 엄마의 돈가스 레시피는 아쉽게도 복각하지 못했지만 돈가스 메이트의 어머니(이자 나의 시어머니)를 조르고 졸라 드디어 '엄마표 돈가스'를 사사받았다. 갓 튀겨낸 바삭하고 얇은 돈가스를 와삭 베어 먹는 순간 어렸을 적 먹었던 클래식한 엄마 돈가스 맛이라 감동이 밀려왔다. (이것을 보온 도시락에 넣어 반나절 두면 도시락 돈가스가 되겠지!) 값을 매길 수 없는 귀중한 레시피를 공유한다. 궁금한 분들은 직접 만들어보시길.

재료: 돼지고기 등심 2근, 밀가루 적당량, 달걀 5개, 빵가루 450g, 소금 약간, 후추 약간, 울금(강황) 적당량

1. 정육점에서 등심을 구입할 때는 돈가스용이니 연육기로 눌러 달라고 꼭 요청할 것.
2. 겉면을 깨끗이 씻은 둥근 유리병 등으로 고기를 죽죽 밀어서 얇고 납작하게 만들면 식감이 더욱 바삭해진다.
3. 돈가스 윗면에 소금과 후추와 강황을 뿌려 밑

간한다. 정확한 계량은 없다. 적당히 뿌리면 된다.

4. 등심을 앞뒤로 돌려가며 밀가루를 양면에 묻히고 달걀 푼 물에 푹 담근 후 마찬가지로 앞뒤로 빵가루를 골고루 묻힌다. 빵가루는 꾹꾹 눌러 고기에서 떨어지지 않게 하고 그 위에 소복하게 좀 더 뿌려 넉넉히 묻게 한다.

5. 깊이가 있는 프라이팬이나 냄비에 돈가스가 푹 잠길 정도로 기름을 자작하게 부어 가열한다. 빵가루를 조금 넣어보면 보글보글 올라오는 하얀 거품으로 적당한 기름 온도를 알 수 있다. 빵가루가 떨어지지 않도록 고기를 한 번 더 꾸욱꾸욱 누른 후 기름에 넣는다. 기름이 튀지 않도록 조심스럽게.

6. 노릇노릇하게 골고루 튀긴 돈가스는 체에 받쳐 기름을 충분히 뺀다. 채 썬 양배추에 마요네즈와 케첩을 뿌리고, 딸기와 밑반찬을 곁들인다.

7. 돈가스 소스를 뿌리고 포크와 나이프로 잘라 맛있게 먹는다.

쉽게 해낼 수 있습니다

이영하

새로 이사한 사무실 빌딩 오른편에는 대규모 재개발 단지가, 그 반대편에는 대규모 팝업 스토어 단지가 있다. 눈이 시끄럽고 귀가 어지러운 이곳은 디자이너의 전쟁터 같은 지역으로, 성동구 최고의 격전지인 셈이다. 단순히 산책만 해도 트렌드 리포터가 되어 인간 전광판들을 엿볼 수 있는 일종의 길거리 핀터레스트인데, 처음에는 신나게 여기저기 구경하며 다녔으나 시간이 지남에 따라 조금 난감한 상태에 돌입하게 되었다.

그것은 가게들마다 뭔가 바리케이드가 쳐진 것처럼 들어가기가 쉽지가 않다는 점이었다. 고도로 세련된 인테리어는 고도로 노후된 노포와 구분할 수가 없었고, 우리에게는 진입 장벽이 너무 높게 느껴져 접근이 어려운 장소가 대부분이었다. 보통의 해맑은 외향성 사람들조차도 가끔 입구에서 가로막혀 이마에 흐르는 민망함이라는 땀을 닦으며 나오는 모습을 종종 볼 수 있었다. 결국 해탈의 경지에 이르러 밖에서 구경만 하면 되지 뭐, 하게 되었는데 이건 더욱 난감한 문제로 발전하게 되었다. 즉 우리가 갈 수 있는 식당이 너무나도 적다는 점이었다.

돈가스에 관한 글을 쓰게 된 이후로 우리는 마감을 하면 꼭 그날의 식사는 돈가스를 먹는 것으로 조용히 맹약을 맺었다. (이 맹약이 3년 이상이 될 줄은 모르고 시작한 것이 함정이라면 함정.) 이전 사무실이 있던 동네는 근처에 이름만 대면 알 수 있는 돈가스 가게가 다섯 군데 정도 있는, 그야말로 돈가스 성지와도 같은 곳이었는데, 지금은 거기까지 가려면 버스를 타고 가거나 자전거를 빌려 땀을 뻘뻘 흘리며 서울 숲을 가로질러 10분에서 15분 정도 달려가야 한다. 이사한 동네는 모든 것이 만족스러운 장소지만, 돈가스와 멀어졌다는 점에서 가끔 예전 사무실이 그리워지곤 한다.

새 사무실 계약을 하던 무렵, 바로 옆에서 조그마한 건물이 세워지고 있었는데, 우리가 본격적으로 이사를 하고 집기가 다 들어왔을 때는 전체적인 인테리어 공사가 진행 중이었다. 외벽을 검게 칠하는 작업을 보고 있자니, 대체 어떤 용도의 건물을 만드는 것일까 궁금해졌다. 무슨 남성 전문 바버숍인 걸까, 고급스러운 미감의 브랜드 스튜디오 사옥인 걸까, 아니면 어둠의 일 처리를 도와주는 흥신소 같은 곳일까, 전혀 감을 잡을 수 없었다.

결과적으로는 검은 외벽과는 전혀 상관없이 실외 계단이 특이하게 층을 이룬 건물로 2.5층에는 프라이빗한 와인바가, 1.5층에는 귀여운 토끼 모양 초콜릿이 인상적인 디저트숍이, 남은 0.5층에는 아기다리고 고기다리던 일식 돈가스 가게가 생겼다. 그리고 우리는 분명하게 간판이 걸리고 돈가스 가게라는 것을 알게 된 첫날에 방문하게 되었다. 마침 마감이라는 좋은 핑계도 있었고….

가게는 반지층의 작은 계단을 내려가면 유리로 된 자동문을 통해 들어갈 수 있었다. 입구 옆에는 키오스크가 있었고, 약간 상기되어 보이는 얼굴에 들뜬 목소리로 "어서 오세요."라고 외쳐주는 점원들이 있었다. 오픈하는 가게에 첫 손님으로 들어가는 것은 꽤 기대되는 일이다. 우리에게도, 점원에게도. 그런 기대감 가득한 목소리를 듣는 일도 가끔은 낭만으로 느껴질 때가 있다.

우측에는 오픈 키친에 바 형태로 앉을 수 있는 공간이 따로 있었고, 좌측에는 냅킨과 수저 등이 정성스레 놓여 있는 2인 테이블이 서너 개 있었다. 우리는 백화점 푸드코트를 제외하고는 오픈 키친 형태를 선호하는 편은 아니다. 보통의 경우, 둘만의 조용한 식사 시간을 원하기도 하고, 맛이나 분위기, 음식이 나오는 순서 등을 분석하고 서로의 기품 있는(?) 의견을 공유하는 것을 좋아하는 편이라서, 우리에게 오픈 키친은 아무래도 소심한 성격상 "여기 맛있다."만 주방장에게 들릴 듯 말 듯한 소리로 말하다 경쟁하듯 10분 안에 먹고 자리를 비워줘야 할 것만 같은 곳이다. 아무튼 메뉴는 로스가스와 히레가스가 있었고, 항상 그렇듯이 돈가스 메이트는 로스가스, 나는 히레가스를 선택했다.

둥근 쟁반에 담겨 나온 돈가스는 고기는 두툼하고 튀김은 바삭하니 굉장히 훌륭했다. 특히 조그마한 고양이 모양 젓가락 받침이 있어 시각적 만족도가 높았다. 역시 귀여운 게 최고지. 특이한 점은 서빙을 하던 직원이 히레가스를 주문한 나에게 "소금을 먼저 찍어 먹어보세요."라고 말씀해주셨는데, 그 레시피 추천 겸 인사말은 2년이 지난 이후까지도 계속되었다.

소스보다 소금이 더 어울리는 메뉴인가, 이 식당에서 특별하게 제작하는 소금인가, 히레가스에는 소스가 어울리지 않는 것인가, 여러 궁금증이 들었지만 특별히 물어볼 기회가 생기지는 않았다. 오히려 갈 때마다 듣다 보니 사실 돈가스의 맛이나 분위기보다는 '소금을 먼저 찍어 먹어야 해.'라는 일종의 관념이 머릿속에 깊게 박히게 되었다. 소금이 특별한가 싶다가도, 소스도 맛있고 겨자도 맛있어서 골고루 찍어 먹었다. 요즘 일부 돈가스 가게들은 소스가 뷔페처럼 늘어나 소금도 종류별로, 소스도 종류별로, 겨자도 종류별로, 총 여덟 가지 정도의 소스를 늘어놓는다. 그 정도면 이제 젓가락질마다 고민이 이어질 수밖에.

여튼 이 가게를 자주 다니게 된 이후로는 히레가스를 먹을 때면 항상 소금을 먼저 찍어 먹으며 고기 자체의 풍미와 튀김의 식감을 느껴보는 습관을 가지게 되었다. 그리고 좋은 육질의 돈가스는 소스보다는 소금을 찍어 먹어보는 것이 고기의 맛을 더 음미하기에 적당하다는 것을 파악하게 되었다. 결국 그 첫 인사말은 육질에 대한 자신감의 한마디가 아니었을까.

사실 이 동네에 처음 온 것은 스튜디오 초창기에 해외에서만 판매하는 매거진의 디자인 미팅을 위해 클라이언트사에 방문했을 때였다. 이전 호가 이미 훌륭한 디자인으로 만들어져 있었고, 디자이너 재량에 따라 자유롭게 다음 호를 디자인할 수 있었으며, 마침 당시에 가장 즐기던 취미였던 콘텐츠를 다루는 매거진이어서 부푼 마음을 가지고 미팅에 참여했다. 또 당시에는 영문판을 디자인할 기회는 적은 편이라서 우리로서는 여러모로 더욱 기대감이 큰 프로젝트였다.

"쉽게 해낼 수 있을 것 같아요. 어렵지 않습니다."

우리는 평소 디자인 스타일이 우리 팀과 잘 맞을 것 같고, 비교적 즐겁게 작업할 수 있겠다는 생각이 들면 이 말을 하고는 하는데, 디자인을 잘해낼 수 있다는 자신감 한 스푼, 또 예민한 예술가로 보이기보다는 숙련된 기술자로 보이려는 솔직함 한 스푼이 담긴 멘트이기도 했다. 당시 너무 어리거나 소극적이어 보이는 우리가 그 정도의 자신감을 내보여야 클라이언트가 안심하는 경우가 종종 있어서 우리에게는 작업을 수락하는 첫 문장 같은 멘트가 되었던 것 같다.

그런데 외국에서 오래 살다 온 편집장은 그 의미를 다르게 받아들인 것 같았다.

"이 매거진은 어려운 디자인이라서 아주 열심히 작업해주셔야 합니다!"

'쉽다'는 표현이 말 그대로 'easy'한 작업으로 해석되어 손쉽게, 간단하게 작업하겠다는 뉘앙스로 들린 모양이었다. 그제야 아차 하는 마음과 함께 우린 당연히 모든 작업에 최선을 다할 것이고 스타일이 잘 맞아서 재미있게, 우리로서는 즐겁게 작업할 수 있을 것 같다는 이야기였다고 변명 아닌 변명을 해야 했지만, 아무래도 그는 의심의 눈초리를 쉽사리 접지 못하는 것 같았다.

매거진은 무사히 발행되기는 했지만, 작업 과정에서 그에게 진행 상황을 수시로 체크받아야만 했고, 디자인에 대한 노력이나 소요 시간 등을 수치화

하는 것 같은 기분이 들었다. 결과물은 열심히 노력한 만큼 여러모로 마음에 들었지만 다음 호를 작업하기에는 서로 간의 신뢰도에 많은 상처를 입어 더이상의 파트너십 연장이 어렵게 되어버렸다. 그 후로는 오해를 받을 수 있으니 해당 표현에 대해 조금 더 신중해야겠다고 생각하게 되었지만, 여전히 종종 첫 미팅에서 우리는 외친다.

"쉽게 해낼 수 있습니다. 어렵지 않아요. 맡겨만 주세요!"

돈가스 가게에서 자신 있게 "소금을 먼저 찍어 먹어보세요."라고 말하듯이 우리도 그 정도의 자신감은 가져야만 작업에 시원하게 착수할 수 있을 것 같은 기분이다. 물론 시안을 보내기 정확히 30분 전에는 울고 있을 게 뻔하면서.

아, 참고로 사무실 옆에 생긴 돈가스 가게 이름은 일본어로 '사는 보람'이라는 뜻이다.

너구리와 고양이

안서영

고온다습한 8월의 여름밤이었다. 그날도 열대야라 일찍 잠들기는 어려울 것 같았다. 돈가스 메이트는 요즘 부쩍 늘어난 뱃살을 어루만지며 밤 산책이라도 다녀오겠다고 혼자 길을 나섰다. 그런데 무슨 일인지 20분도 지나지 않아 헐레벌떡 돌아오는 것 아닌가.

"나, 너구리 봤어!"

걷다가 검고 북슬북슬한 형체들을 마주쳐서 고양이인 줄 알고 가까이 다가갔는데 엄청 크고 뚱뚱했다는 것이다. 한 마리는 풀숲에 몸을 숨긴 채 두툼한 엉덩이와 꼬리를 씰룩이고 있고 다른 한 마리는 뒤에서 망을 보고 있었다고 한다. 야생 너구리들이었다. 그들은 사람과 마주치자 덤불 쪽으로 잽싸게 도망쳤다. 그러고 보니 너구리라 하면, 나도 10여 년 전 당시 살던 신도시의 하천 산책로를 따라 귀가하다가 가까이서 마주친 적이 있다. 사람이 살지 않던 깊은 야산을 대단지 아파트들로 개발한 동네였다. 신기한 마음에 한참 쳐다보다가 애틋하게 작별인사까지 건네고 왔는데, 그러다가 물리면 큰일이라는 것을 나중에야 알았다.

그리고 현재, 경기도의 한 오래된 도시 끝자락. 우리 아파트 단지 바로 옆에는 긴 세월 방치된 공터가 있었다. 이름 모를 잡초가 나무보다 높고 무성하게 자라는 빈 땅이었다. 그런데 얼마 전 갑자기 지자체 로고가 새겨진 높은 가벽이 빙 둘러 세워졌다. 주민들 사이선 49층짜리 건물을 짓는다는 소문이 퍼져나갔다. 그곳에 공원이 생겼으면 좋겠다고 늘 바라고 있었는데 갑자기 고층빌딩이라니. 그렇지만 계속 황무지로 방치하는 것보단 낫나 싶기도 했다. 그러고 나서 며칠 뒤 너구리들이 근처에 나타난 것이다. 포클레인과 가벽에 밀려 쫓겨난 녀석들이 주변을 헤매고 있는 것일까?

언젠가 인상 깊게 보았던 '서울 도심 너구리 습격 사건' 뉴스가 떠올랐다. 도봉구 우이천에서 너구리에게 물린 웰시코기 이야기로 시작하는 이 취재는 생생하고 재미있는 인터뷰 덕에 온라인에서 뜨거운 반응을 얻었다. 산책로를 이용하는 시민들과 새끼가 태어난 후 물가 근처에서 먹이를 찾으러 다니는 너구리들의 영역이 겹치게 되었고, 그러다 보니 산책 중이던 강아지들이 공격당하는 아찔한 상황이 생기곤 한다는 것이다. 기자는 그럼에도 그곳에 살게 된 것은 너구리의 잘못이 아니므로 어떻게 해야 너구리, 사람, 강아지, 길고양이 등이 함께 살 수 있을지 고민하며 취재했다. 길고양이에게 밥을 주던 시민이 "코코야, 너구리 나타나면 싸우지 말고 도망가라." 하고 말을 걸면 고양이가 "야옹~" 대답하는 장면이 무척 재미있었다. (말을 알아듣는 고양이의 정체가 궁금한 분들은 유튜브에서 검색해보시라.)

　뉴스는 흡사 지브리 애니메이션 〈폼포코 너구리 대작전〉의 서울 버전을 보는 기분이었다. 고도성장기 도쿄의 외곽, '뉴타운 프로젝트'라는 이름으로 타마 신도시가 개발되던 1960년대, 사람들이 떠난 텅 빈 농촌의 폐가에서 1년 남짓 꿈같은 시간을 보내고 있던 너구리들은 갑자기 날벼락을 맞는다. 불도저와 포클레인에 밀려 집이 통째로 허물어지는 바람에 하루아침에 살 곳을 잃은 것이다. 그뿐 아니라 거대한 숲이 민둥산으로 변한 모습을 보고 망연자실한다. 그때부터 너구리들은 고대로부터 이어지는 비기 '변신술'을 익혀 사람으로 둔갑하기도 하고 심령현상을 흉내 내는 등 기발하게 공사를 방해하며 인간에게 대항하는 대작전을 펼친다. 영화를 보다 보면 어느새 자연을 파괴하는 동족보다는 낙천적이고 엉뚱한 너구리 편을 응원하게 된다. 미래에 사는 입장에서 그 씁쓸한 결말을 이미 알고 있음에도 말이다.

야생동물들이 도시 개발로 터전을 잃듯, 사람도 젠트리피케이션에 의해 밀려나기도 한다. 우리 또한 그런 이유로 스튜디오 이사를 앞둔 참이었다. 그래서 우연히 마주친 너구리에게서 인간의 사정을 겹쳐 보았는지도 모른다. 3년 전 현재의 사무실로 이사 왔는데, 행정구역상으로만 '성수동'이었지 워낙 동네 끝자락인지라 반경 100m 이내에 식당도 편의점도 없는 위치였다. 대신 임대료가 비교적 합리적이었고 조용하게 일에 집중할 수 있으리라 낙관했다. 지금 생각해보면 세상 물정을 몰라도 한참 몰랐던 것이다. 알고 보니 성수동에는 여러 '전략정비구역'이 존재했다. 그리고 사무실 바로 옆 빌라촌이었던 전략정비구역은 그중에서도 가장 먼저 개발이 시작될 곳이었다.

이사 온 지 몇 달 지나지 않아 길 건너 동네 하나가 통째로 허물어지기 시작했다. 대기업 건설사가 거대 브랜드 아파트 단지를 만들기 시작한 것이다. 스펙터클한 공사장 환경을 매일 1열에서 4D로 경험할 수 있을 줄은 꿈에도 몰랐다. 하루종일 쿵쿵 반복되는 굉음과 진동을 온몸으로 느끼며 일을 하다 보니 없던 두통과 이명까지 생겼다. 그 외에도 우리 건물 바로 옆 작은 상가들이 부서지고 올라가고, 하나가 다 지어졌다 싶으면 그 옆을 허무는 것을 몇 번이나 겪었다. 엎친 데 덮친 격으로 건물주로부터 임대료 인상 통보까지 받았다. 애정을 가지고 꾸민 공간이었지만 이런 일들을 내내 겪다 보니 아무래도 이사를 해야겠다는 생각이 들었다.

온종일 온라인 부동산 앱을 들여다보기 시작했다. 예상치 못했던 지점은 2년 전보다 서울의 상가 임대료가 놀라울 정도로 올랐다는 것이었다. 몇 년 사이 경제도 어려워졌다는데, 치솟는 부동산 가격은 서민의 사정과 무관했다. 그나마 입지와 가격, 시설 등 조건이 마음에 드는 곳을 발견해 실제로 방문해보면 대부분 바로 옆 건물이 재건축 중이었다.

'아, 여기도 우리처럼 밀려 나간 거구나.'

비슷한 처지에 동병상련을 느끼면서도 피로감이 몰려왔다. 도시는 이렇게 부수고 짓기를 반복하며 끝없이 팽창하고 진화해나가는 것일까.

성수동으로 오기 전 머물던 동네, 송파동 또한 새 사무실을 알아보기 위해 들른 곳 중 하나였다. 우리가 떠난 이후 그곳 역시 많이 변했다. 예전엔 눈 감고도 걸을 수 있던 길들이 어딘지 낯설어졌다. 자주 가던 생선구이 백반집, 부대찌개집은 가게뿐 아니라 건물이 통째로 사라졌다. 대신 새 건물들과 네 컷 사진 찍는 가게들이 몇 군데나 생겼다. SNS에서 유명한 가게 분점이 골목마다 생겨나 있었고 멋을 낸 젊은이들이 앞에 줄을 서 있었다. 아이러니하게도 현재의 송리단길을 만든 1세대 핫플레이스들은 절반 넘게 사라졌다.

대신 인테리어를 부분적으로 재활용한 카페와 음식점이 영업 중인 모습이 눈에 띄었다. 예전 풍경을 좋아하던 나 같은 사람이나 그렇겠지만 무척 아쉬웠다. 당장 밥 먹을 곳을 찾기 어려운데 이곳 주민들은 괜찮을지 슬슬 염려되기 시작했다.

그러다 아는 간판을 마주치자 눈물겨웠다. '준쇼쿠도'*가 예전 모습 그대로 눈앞에 나타난 것이다. 돈가스 덮밥을 먹으러 자주 가던 곳이었다. 문을 열고 들어가자 단골 느낌 물씬 나는 아저씨들의 즐겁고 시끌벅적한 대화가 들려왔다. 가게 안을 종종걸음으로 바쁘게 누비고 있는 사장님은 이곳에 놓인 고양이 마트료시카에서 뿅 하고 튀어나온 듯한 모습 그대로였다. 중년의 여성 사장님과 아들 요리사, 두 분이서 운영하는 작고 아담한 가게가 변함없는 모습으로 자리를 지키고 있었다.

살면서 고양이가 둔갑한 것 같은 느낌을 주는 사람을 몇 명 만났는데 이곳의 사장님도 그중 한 명이었다. 그러고 보면 간판부터 내부에 있는 소품까지, 온통 고양이 장식품과 그림이 가득했다. 가족이 직접 하나하나 꾸민 흔적이 담긴 인테리어, 특히 나무 판자에 삐뚤빼뚤 손글씨로 적혀 있는 메뉴판이 무척 정겨운 곳이었다.

●   현재는 문을 닫았다.

오랜만에 왔으니까 늘 먹던 걸로 주문했다.

"돈가스 덮밥 주세요."

돈가스 덮밥은 돈가스 중에서도 특이한 장르다. 돈가스는 눅눅해질수록 맛이 없어진다지만 이것만은 예외다. 감칠맛 나는 촉촉한 국물과 고소한 달걀이 돈가스를 부드럽게 감싸며 더욱 맛있어진다. 돈가스는 아무래도 튀김이다 보니 다 먹어갈 즈음에는 점점 느끼해지거나 다 먹고 나서 소화가 잘되지 않을 때가 있는데, 돈가스 덮밥만큼은 언제나 편안하게 먹을 수 있다. 나는 밥 위에 촉촉하고 부드러워진 돈가스를 얹어 한입 와앙 하고 삼켰다. 과연 시간을 되감아 올리는 포근한 맛이었다.

식사를 마쳐갈 즈음, 고양이 사장님은 무심한 표정으로 작은 접시를 툭 내려놓고 가셨다. 서비스 고로케였다. 방금 튀겨내 아주 뜨겁고 포실포실했다. 그러고 보면 예전에도 종종 귤이나 요구르트, 고로케 같은 서비스를 말없이 건네주시곤 했다. 몇 년 만에 찾아간 예전 동네는 많은 것이 변했고 새 사무실도 구하지 못했지만, 그래도 좋아하는 가게가 그대로 있었다. 산뜻해진 기분으로 집에 돌아가는 길,

창밖에는 석촌호수 옆 커다란 놀이공원의 마스코트 너구리가 빙그레 웃고 있었다.

그날 이후, 밤 산책을 할 때마다 너구리들을 마주치지 않을까 내심 기대하곤 했다. 우리 둘은 어떻게 대처해야 할까 상상의 나래를 펼치면서 의논도 해보았지만, 아직 너구리를 만나지는 못했다. 모쪼록 구리시에 살게 된 너구리 가족이 편안한 터전을 찾아 행복하게 지내고 있으면 좋겠다. 그리고 우리 또한 며칠 후 사무실 이사를 앞두고 있다. 여러 사정을 고려해 결국 지금 있는 장소와 멀지 않은 곳으로 결정했다. 주변에 부술 만한 건물이 최대한 없는 곳으로 골랐지만 모를 일이다. 만약 다시 이사를 가야한다면 그때는 서울을 떠날지도.

낫 브랜디드 벗 딜리셔스

이영하

소중한 사람과 즐거운 시간을 보낼 식당을 고른다면 다음 중 당신의 선택은?

① 감도 높은 취향과 특별한 콘셉트를 즐길 수 있는 브랜딩이 잘된 식당

② 오너의 특이 취향이 강렬하게 드러나는 호불호가 갈리는 식당

③ 프랜차이즈 특유의 개성 없는 무난한 식당

아마 많은 이들이 ①번을 택할 것이다. 규모가 작은 업장에도 브랜딩이 중요한 이유다. 브랜드를 뒷받침하는 콘셉트나 스토리텔링은 보다 풍요롭게 맛과 분위기를 느낄 수 있게 도와준다. 또한 시각적으로 음식과 가게에 대한 주인의 정성을 전달하여 손님에게 기분 좋은 울림을 준다. 나는 가끔 근처의 브랜딩이 잘된 가게를 발견하면, 일부러 배달 앱을 켜서 주문해보기도 한다. 어떤 포장으로 배송될지 궁금해서다. 과연 멋진 이미지를 추구하면서도 안전한 방식으로 패키징이 될지, 아이덴티티 시스템을 얼마나 폭넓게 활용하는지 살펴보고 싶은 호기심에서다. 좋은 가치를 바탕으로 정성을 기울여 만든 브

랜드에는 분명 배울 점이 많이 있다.

그중 인상깊은 곳으로 '카린지'와 '프릳츠 커피'를 꼽고 싶다. 그들이 제공하는 음식의 퀄리티는 물론, 특유의 유쾌하고 즐거운 분위기를 좋아한다. 브랜드의 의도, 가치 또한 업계에 귀감이 되는 사례다. 레트로한 무드로 레터링된 로고타입에, 브랜드의 개성을 살려주는 캐릭터 플레이, 그것을 전체적으로 아우르는 빈티지한 인테리어까지. 세련된 버블 시대의 향수를 복각시킨다. 디자이너 중심으로 이루어진 가게라서 가능한 것일까.

하지만 커피 애호가 입장이 아닌 편집 디자이너 입장에서는 사실 프릳츠 커피는 꽤 불편한 브랜드다. 어떤 점이 불편하냐고 물으신다면, '릳'이라는 글자가 디자이너들이 본문으로 즐겨 쓰는 폰트들에는 잘 없는 글자라 항상 자음과 모음을 분리하고 재조합하는 과정을 거쳐 따로 만들어야 하기 때문이다. 유명한 카페인만큼 우리가 작업하는 책들에도 여러 번 등장했는데 어설프게 만들면 다른 글자들과 미묘하게 달라 보이기 때문에 신경을 많이 쓰게 된다. 표기하는 사람은 불편하지만 보는 이들에게는 재미를 주는 네이밍이라고 생각한다. 몇 번 겪어본 이후 다른 책들이나 기사들에서는 어떻게 넣었는지, 어색하지 않은지 찾아보는 것도 재미있는 포인트가 되었다. 과연 이 책에 실리는 '린'은 어떤 모양일까.

브랜드 경험이 잘 설계된 가게는 문을 열고 들어갈 때부터 식사 후 나올 때까지 감각을 충만하게 한다. 우리는 감각을 소비하는 시대에 살고 있지 않은가. 그런 취향의 편집증적인 셀렉트에 집중해 살고 있는 나와 돈가스 메이트지만 아주 가끔 브랜딩을 거론할 가치가 없는 가게를 택해야 할 때가 있다. 싫은 것을 택하느니 아예 없는 것을 택하자는 의도도 있지만, 가끔 촉이라는 불분명한 화살에 의지해 상황을 선택하고 싶은 욕구가 드는 것이다.
우연히 접한 길목 우연히 마주친 가게에서 우연히 맛있는 메뉴를 마주하는 경험은 분명 짜릿하지 않을까. 호기심으로 눈을 불태우는 나를 보며 철저하게 데이터베이스를 중요시하는 돈가스 메이트는 항상 고개를 가로젓고는 하지만, 그녀 역시 가끔 레이더가 도는 순간에는 거침없이 택하는 편이다.

그러한 일종의 가챠 같은 상황에서 우리는 브랜딩 방향이 공감 가지 않는 가게를 택하기보다는 브랜딩이 아예 없는, 아이덴티티란 게 뭐죠? 먹는 건가요? 할 것만 같은, 만들다 만 것 같은 가게를 선택할 때도 있다. 그 가게는 간판은 걸려 있지만 분명 사장님과 가족들이 조그마한 탁자에 모여 굉장한 고민 끝에 돌고 돌아서 지었을 법한 (사장님의 어린 시절 별명을 추측할 수 있는) 이상한 네이밍과 천원숍에서 산 소품들을 최대한의 재주를 부려 얼기설기 꾸민 듯한 D.I.Y 셀프 인테리어, 이전 가게에서 그대로 남겨놓고 갔거나 중고로 저렴하게 구매한 것 같은 집기들로 가득 차 있다. 나는 그걸 '순수함'이라고 부르곤 한다. 전문적인 브랜딩이라는 것이 이 세상에 존재하는지조차 모르는 것 같은 순수함. 보이는 것에 투자하는 리스크를 줄이고 오로지 음식에만 집중하려는 진심이 느껴진다.

이런 가게들이 많아지면 우리 같은 디자이너들은 먹고살 게 없어지겠지만 이 정도까지 셀프라면 어쩔 수 없지, 생각하는 편이다. 아마도 높은 확률로 마진에 대한 개념도 적어서 재료에 예산 대부분을 들였을 것이고, 굉장한 재료 더하기 굉장한 노력이 담긴 음식을 만나게 된다. 즉, '낫 브랜디드 벗 딜리셔스(not branded but delicious)'인 셈.

잠실에 살 때 카센터들이 모여 있는 거리를 자주 지나다녔다. 그중에 오랫동안 비어 있던 하나의 점포가, 그곳이 카센터였는지 호프집이었는지 기억이 나지 않을 때쯤 갑작스레 창문에 강렬한 빨간 커튼을 달고 얼기설기 종이로 오려 만든 메뉴판을 내붙였다. 허름한 외관에 비해 비싼 가격이 적혀 있지만 정감 가는 종이 메뉴판의 글씨체에 끌린 우리는 극내향인답게 하루 이틀 탐색을 마치고 동네 사람으로서의 의리를 지키기로 결심하였다. 우리 동네에 새로 문을 열었다면 한번 가줘야지!

들어가 보니 생각보다 넓은 홀에 고즈넉한 복고풍의 분위기로, 하얀 식탁보가 씌워진 체리색 나무 식탁들이 놓여 있었고, 역시 체리색 몰딩에 약간 해진 것인지 원래 색인지 모를 녹색 패브릭으로 감싸진 의자가 자리를 지키고 있었다. 남자 사장님은 멋스러운 베레모를 쓰고 긴장이 역력한 채로 자리를 안내해주었고, 주방 안쪽의 여자 사장님은 역시 초조한 표정으로 주문을 기다리고 있었다. 인테리어도, 집기도 모두 우리 취향은 아니었고 급매로 내놓은 가게에서 싸게 구매한 듯한 가구들뿐이라서 색상도 다 다르고 어설퍼 보였지만, 주인 내외 특유의 어색함과 긴장이 '아싸'인 우리에게는 오히려 적당한 편안함으로 다가왔다.

빠르게 등심 돈가스를 시키고 이쪽 길은 오랜만에 와본다는 둥 여기는 메뉴가 몇 개라는 둥 아무도 없는 조용한 가게에서 우리끼리 어색함을 피하려 노력하고 있으니, 음식이 천천히 나오기 시작했다. 튀김옷은 적당했는데, 그 안의 육즙이 환상적이었다. 두꺼운 고기는 직접 다듬은 듯 부드러웠고, 밑간이 완벽하게 되어 있어 '좋은 고기'라는 느낌이 강렬하게 느껴졌다. 또 주변을 장식한 일종의 가니시, 반찬도 여러모로 손님을 배려해서 나온 듯한 모양새로 전체적으로 음식만으로는 고급 레스토랑에 온 기분이었다.

그 후로도 몇 번 틈날 때마다 가게 되었고, 심지어 미식 콘텐츠를 담당하던 에디터를 데려갈 정도로 신뢰하게 되었다. "인테리어는 조금 아쉽지만 맛은 훌륭해요."라고 약간의 창피함을 감추면서 말이다.

하지만 역시 허름한 외관이나 어설픈 인테리어, 가성비의 집기들 때문인지 손님은 항상 우리뿐이었고, 사장님의 베레모는 점점 이마 아래로 내려가는 것 같아 보였다. 내성적으로 보이던 두 사장님이 한번은 우리가 있는데도 부부싸움을 하는 모습까지 보일 정도로 상황은 극단으로 치달았다. 아니나 다를까 며칠 후, 유리문 앞에는 '휴무'라는 글자가 쓰인 A4 용지가 붙어 있었다.

하지만 몇 주 후, 우리의 걱정이 무색하게 가게는 색다른 모습으로 영업을 재개하였다. 무려 무한 리필 뷔페로, 건설현장에 있는 함바식당처럼 되어 점심시간에는 근육질의 장정들로 가게가 꽉 차버리게 된 것이다. 동네 장사에 대한 의리가 깊은 우리는 얼굴이 붉게 탄 장정들 사이에서 얼굴이 붉어진 채로 식판을 들고 몇 번 음식을 먹어보았는데, 역시나 기본 실력은 여전한 것인지 메뉴 하나하나가 모두 맛있었다. 콩나물은 아삭했고, 제육은 매콤했다. 환상적이었던 돈가스는 더 이상 먹을 수 없었지만 모든 밑반찬 또한 환상적이었다. 오히려 좋아!

그 가게는 지금 잘되고 있을까. 몇 번 점심을 해결한 이후로 그쪽 길은 잘 가지 않게 된 계기가 있었다. 어느 날 장정들 틈에 끼어 열심히 식판을 비우고 계산을 하는 우리에게 베레모 사장님은 어리숙한 눈빛 대신 능글맞은 웃음을 보이며 "다음부터는 카드 대신 현금으로 결제를 해주면 좋겠어요."라는 강요인지 부탁인지 모를 제안을 한 것이다. 우리의 발걸음은 거기에서 완벽히 끝이 났다.

가장 보통의 존재

안서영

"꼭 지금 피서를 가야 해요?"

어릴 적 우리 가족은 7월 말, 8월 초에 여름휴가를 떠나곤 했다. 행렬의 끝이 보이지 않을 정도로 꽉 막히는 도로, 고생 끝에 겨우겨우 도착한 바다는 물 반 사람 반, 바짝 한몫 챙겨보겠다는 관광지의 분위기는 각박했고, 팔과 다리에 벌레 물린 자국이 가득해지면 '집 떠나면 고생'이라는 말이 떠올랐다. 불편한 잠자리와 바가지 인심에 질릴 때쯤 집에 돌아와야 비로소 안도감이 들었다. "엄마, 난 나중에 커서 가을이나 봄 아무 때나 내가 가고 싶을 때 휴가 갈 거야." 좀 더 자라서 취업할 나이가 되자, 그것이 어른의 사정이었다는 것을 알았다. 회사원들은 쉴 수 있는 시기가 보통 정해져 있다. 그리고 그때를 '성수기'라고 부른다.

시간은 화살처럼 빠르게 지나 올해도 벌써 8월의 초반, 나는 짧은 회사 생활을 스쳐 어느덧 10년차 자영업자가 되었다. 어릴 적 상상했던 것과는 달리, 자영업자 역시 휴가를 쉽게 갈 수 없다. 적어도 지금까지 여름에 쉴 수 있었던 적은 단 한 번도 없다. 뜨겁게 타오르는 길거리를 헤매는 나는 왜 모든 사람들이 이 시기에 동시다발적으로 서울을 떠나는지 깨닫는다.

왜냐하면! 이런 날씨에는 도저히 일을 할 수 없으니까. 도시를 꾸욱 짓누르고 있는 습하고 뜨거운 공기, 오늘의 최고기온은 35도, "차라리 비라도 한번 시원하게 내리지…." 몇 번을 중얼거려도 소용없다. 나 빼고 모두 바다에 가서 가게들은 닫고 지하철은 텅 비었다. 입맛도 없지만 먹고살자고 힘들게 나섰는데 벌써 세 번째 허탕을 쳤더니 갈 곳 또한 없다. 어쩔 수 없지. 어제 먹은 부대찌개를 또 먹어야 하나. 그렇지만 아무리 그래도 연속해서 1일 1부대찌개는 좀 무리인데 고민하던 참, 작은 입간판 하나를 발견했다.

돈가스와 돈부리

이 골목을 자주 지나다녔는데, 왜 지금까지 몰랐을까. 돈가스와 돈부리 단 두 메뉴만 파는 이곳은 다소 투박하고 연식이 느껴지지만 군더더기 또한 없는 공간이었다. 나는 기본 돈가스를 주문했다. 오랜 시간 잘 관리해 청결하고 반질반질한 내부를 둘러보며 꽤 괜찮은 돈가스를 먹을 수 있으리라 직감했기 때문이다.

지금까지 여길 지나쳤던 이유는 간판 때문인 것 같다. 신기할 정도로 전혀 눈에 띄지 않는 간판이다. 크기가 작지도 않고 특별히 숨길 의도도 없었을 텐데, 지금 글을 쓰는 도중에도 어떻게 생겼었지 가물가물한 느낌이라 검색해보았는데 바로 또 어떻게 생겼더라 싶게 실시간으로 희미해져간다. 같은 반이고 꽤 여러 번 이야기를 나누었지만 걔 이름이 뭐였지… 한참 생각해봐야 하는 친구 같다고나 할까. 그렇지만 오늘은 그 점이 마음에 들었다. 가끔 무척 '평범한 돈가스'를 먹고 싶은데 이제는 그런 돈가스를 파는 곳이 오히려 드물다.

돈가스는 정말 돈가스였다. 정석에 가까운 느낌으로 깔끔하고 흠잡을 곳이 없었다. 인상적인 것은 양배추 샐러드였다. 얇게 채를 썰어 하얀 소스를 뿌린 것인데 신기할 정도로 신선하고 맛있었다. 괜찮은 고기를 써서 딱 좋게 튀겨낸 이런 돈가스라면 매일 먹을 수도 있겠다. 뿐만 아니라, 밥의 양, 함께 제공되는 장국도 부담이 없다. 돈가스 하면 딱 머릿속에 그려질 법한 편안한 돈가스다. 기본기에 충실하다는 것은 이런 것일까.

가격 또한 점심식사 하면 떠올릴 정도로 크게 부담스럽지 않다는 점도 좋았다. 어떻게 모든 밸런스를 맞추었을까? 궁금해졌다. 주방과 홀을 각각 나누어 담당하는 두 사장님의 척척 맞는 호흡을 구경하며 먹다 보니 배가 기분 좋게 불러왔다. 어쩐지 자주 오게 될 것 같은 예감. 알고 보니 점심시간에는 늘 줄을 서는 인기 가게라고 한다. 휴가철이라 손님이 없었던 것뿐이었군. 바다에 갔던 사람들이 밀물처럼 도시로 돌아오면 생각보다 자주 올 수 없을지도 모른다.

아빠는 자주 말했다. "평범하게 사는 게 최고야." 하지만 나는 평범한 것이 싫었다. 10대의 나는 남다른 (것처럼 보이는) 선택지를 주로 골랐다. 같은 반 애들이 안 듣는 록 음악을 듣고 독립영화를 보러 빨간 버스를 타고 서울까지 갔다. 또래 친구들은 코드가 맞지 않는다고 여겼다. (이 정도만 살짝 공개해도 강력한 중2병의 기운이 느껴지지 않나요.) 엄마는 말했다. "넌 왜 남들처럼 평범하게 살려고 하질 않니?" 인문계 고등학교에서 대안학교로 전학 가겠다고 했을 때, 그리고 잘 다니던 회사를 그만두겠다고 했을 때, 그리고 또 예상을 벗어나는 결정을 할 때마다 그 말을 들었다.

20대에는 남다른 취향을 지닌 유일무이하고 특별한 무언가가 되어야만 한다고 생각했다. 그런데 시간이 흐르고 여러 번의 좌절과 실패와 함께, 자연스레 알게 되었다. 나는 별로 대단하지 않다는 사실을. 그리고 스스로 특별하다고 여겼던 취향 또한 같은 세대의 동종업계 다수와 비슷하다는 것을. 그것을 '스테레오 타입'이라고 부른다. 그렇지만 지금은 그것이 별로 싫지 않다. '보통'의 것이 얼마나 소중한지, 그것을 유지하는 데 얼마나 많은 노력이 필요한지, 일상성을 몇 번 잃고서야 깨달았다.

외모 준수, 집 있고, 차 있고, 번듯한 직장을 다니며, 퇴근해서는 여가를 즐기고, 결혼해서 아이를 낳아 기르는, 미디어가 묘사하는 보통 씨는 정작 주변을 둘러보면 오히려 드문 특별한 존재다. 실제 세상 사람들은 평범에 미치지 못하고 한 끗이 모자라다. 내 모습을 돌아보면 그럴듯한 취미나 특기도, 월급도 없고, 남들 다 놀 때 일하는걸.

소설가 대니 샤피로의 책『계속 쓰기』•에는 〈평범한 삶〉이라는 에세이가 실려 있다. 글을 쓰던 중 방향을 잃고 막막해지는 순간 지푸라기를 잡는 심정으로 곁에 있던 아무 책이나 펼치자 이 제목이 나타났다. '햇살 한 줄기가 비친 벽돌 벽'을 발견하는 순간이다. 그녀는 아버지의 사고, 아들의 병 등 삶의 취약함을 드러내는 나쁜 일이 벌어지자 평범한 삶이 가장 귀중하다는 것을 배웠다.

처음 글을 쓰기 시작했을 때, 나는 인물들과 그들의 상황이 어쨌거나 거대해야 한다고 생각했다. 나는 유명한 예술가에 관한 소설을 썼고, 공개적으로

• 대니 샤피로, 한유주 옮김,『계속 쓰기』, 마티, 2022

모욕을 받아온 정신분석가에 관한 소설도 썼다. 이 인물들을 사랑했고, 이들은 내게 진짜였다. 하지만 평범하지는 않았다.

특별함에 대해 쓰던 소설가는 아들 제이콥이 아픈 것을 계기로 평범함의 소중함을 깨닫는다. 인생에서 가장 위대한 계시는 일상에 있다는 걸 보기 시작한다. 시작부터 마지막 마침표까지 모두 밑줄을 치고 싶을 정도로 좋았는데 특히 이 문장을 마음속 깊이 담아두려 한다.

버지니아 울프는 이 점을 알고 있었다. 그녀의 댈러웨이 부인은 그저 자기 일을 보러 나가는 여성이다. 클러리서 댈러웨이를 비범하게 만드는 건 그녀 내면의 삶이다.

서로의 보호자가 되어

이영하

10년이 넘는 기간 동안 여러 불특정 다수의 사건을 접하는 자영업자 애환의 일환으로, 나에게도 몇 년 전부터 골치 아픈 지병이 생겨버렸다. 그것은 극심한 두통, 그것도 희귀한 난치성 두통이었다. 과도로 활성화된 뇌가 시종일관 잠에 들지 못하게 했고 여러 사정이 겹치면서 결국 큰 병으로 악화되었다. 편두통은 예민한 성질 때문에 어릴 적부터 앓고 있어 이제는 어느 정도 조절이 가능하지만 이 희귀한 두통은 전혀 타협이 불가능한, 사형선고와도 같은 고통이었다. 어금니가 욱신욱신하다가 관자놀이에 독극물이 퍼지는 것 같은 느낌이 흐르면서 엄청난 고통이 순식간에 온 머릿속에 가득해져 한두 시간 정도 꼼짝없이 움직이지 못하고 누워 있어야만 했다. 머리를 쥐어짜며 언제 이 시간이 끝날까 참는 것밖에는 할 수 있는 것이 없었다.

　　이가 아프니 치과, 눈이 아프니 안과, 코도 아프니 이비인후과, 뒷목도 아프니 정형외과. 점점 종합병원이 되어가고 있었는데, 평소 뭔가에 빠져들면 구글부터 나무위키까지 섭렵해 모든 것을 검색해내는 우리의 돈가스 GPT가 몇 날 며칠을 노트북 앞에서 정보의 호수를 헤매다 비장한 표정으로 나에게 다가와 말했다.

"우리 아무래도 신경과에 가봐야 할 것 같아."

대학병원에 가서야 '군발두통'이라는 병명을 입수하게 되었고, 그것은 '군발기'라는 특정한 시기 동안 아무 방법 없이 두통을 앓아야 하는 특수한 병임을 알게 되었다. 병원에서 해줄 수 있는 것은 스테로이드를 비롯한 약 처방, 그리고 산소 호흡기를 통한 치료가 고통의 완화에 도움이 된다는 정보 정도였는데, 산소 호흡기를 사용하려면 별도의 기계가 설치된 입원실에 입원을 해야 했다. 그 덕분에 '군발기' 동안 통증을 조절하고, 겸사겸사 보다 정밀한 검사를 하기 위해 갑작스러운 일주일간의 입원 여행을 하게 되었다. 얼른 집에 가서 며칠간 필요한 생필품을 바리바리 챙긴 다음 날, 새벽부터 병원에 도착해 환자복으로 갈아입었다.

입원을 하면, 환자식을 먹거나 병원 내의 식당을 이용해야 한다. 우리는 이미 몇 가지 위생용품을 구입하러 편의점을 들르면서 병원 지하에 작지만 소중한 분식집이 있는 것을 확인했다. 지하로 엘리베이터를 타고 내려와 편의점을 지나쳐 맛있는 냄새가 솔솔 나는 직원 식당을 끼고 돌아서 외부로 향하는 큰 문을 열면 동그란 계단이 보이는데, 그 옆에 '오픈'이라는 팻말이 걸린 작은 유리문을 열면 기다란 복도식의 분식집이 있었다.

작은 탁자들에 입원복을 입은 환자들이 줄줄이 앉아 라면을 후후 불면서 먹고 있었고, 옆을 돌아보니 분식집 사장님이 카운터에 서 있는 것이 보였다. 외지에 위치한 맛집의 증거 중 하나인 '두건을 머리에 쓴 주인'이었다. 우리에게는 저 두건이야말로 블루리본 서베이이고 미슐랭 가이드였다. 이 분식집, 기대되기 시작했다.

돈가스 메이트는 역시 돈가스를, 나는 떡라면과 김밥을 주문하고, 복도 끝에서 두 번째 테이블에 자리를 잡았다. 곧 준비된 음식을 받았고 역시 기대만큼 무난하게 훌륭했다. 라면 면발은 적당히 꼬들거렸고 달걀도 깔끔하게 풀어져 있어 국물이 지저분하지 않았다. 가끔 달걀범벅이 되거나 달걀이 면과 붙어 있는 라면을 받으면 기분이 좋지 않다. 하지만 이라면은 라면의 고소한 밀가루 맛과 라면 소스가 적당히 스며든 말랑말랑한 달걀이 특급 조화를 이루고 있었다.

돈가스 역시 양념이 잘 배어 있는 잘 조리된 분식집 돈가스로, 약간 얇은 고기 사이사이에 잘게 부서진 빵가루가 곱게 붙어 있는 전형적인 맛있는 왕돈가스였다. 잘 붙은 튀김옷이 돈가스 소스와 어우러지면서 살짝 눅눅해져 고기에 약간이라도 남아 있는 잡내를 모조리 없애주는 것 같았다. 이 정도는 되어야 불멸의 병마와 싸우러 입원을 해서도 환자식을 피해 지하 2층까지 내려오는 수고를 보상받을 것이다. 나는 애초에 소화계통 환자도 아니었고.

잠깐 음식을 탐구하며 접시에 코를 박고 먹다 보니 어느새 우리의 옆 테이블에는 하얀 와이셔츠를 입고 중단발의 머리를 곱게 빗은 중년 아저씨 한 분과 카키색 점퍼를 입은 머리가 새하얀 연세가 지긋한 어르신 한 분이 앉아 있었다. 언제 왔는지 모를 두 사람은 한참 동안이나 서로 말을 섞지도, 눈도 마주치지도 않았고, 한 테이블이지만 대각선으로 엇갈려 앉아 있었다. 혹시 자리가 없어서 합석을 했나 싶을 정도였다.

테이블 위의 텔레비전을 멍하니 보고 있던 두 사람은 메뉴가 테이블 위에 깔리자 얼른 수저를 들었다. 중단발의 아저씨는 젓가락을 양손으로 들고 조심스레 비빔밥을 비볐고, 노인은 돈가스를 먹음직스럽게 썰어놓고 있었다. 서툰 모습으로 젓가락을 양 주먹으로 쥐고 밥을 비비는 데는 시간이 꽤 오래 소요되었다. 그 아저씨는 이마에 송골송골 땀이 맺힐 만큼 집중해서 비빔밥을 비비고 있었다.

어르신은 돈가스를 절반 정도 썰고는 숟가락으로 밥과 함께 그대로 퍼서 먹기 시작했다. 비빔밥 장인도 얼추 만족스러울 만큼 비볐는지 젓가락으로 깨작깨작 밥을 먹기 시작했다. 둘은 그렇게 말 한마디 없이 음식을 정성스레 세팅해놓고 음식에 열중했다.

"왜 아빠가 돈가스를 먹고 있어?"

적막하던 병원 분식점을 앙칼진 목소리로 가득 채우며 중년 여성이 우리의 옆 테이블로 다가오고 있었다.

"아니, 왜 아빠가 돈가스를 먹고, 이 사람이 비빔밥을 먹고 있어? 이이는 비빔밥 먹을 줄 모른단 말이야."

머리가 흰 노인은 갑작스러운 추궁에 완벽히 당혹스러워했고, 대각선에 앉아 있던 중단발의 아저씨 역시 당황한 표정으로 그 모습을 쳐다보고 있었다. 어르신을 옆에 두고 여성은 이제 어리둥절해 있는 아저씨에게 타깃을 돌려 타박하기 시작했다. 이번엔 일본어로. 그러고는 어르신과 아저씨에게 한국어와 일본어를 번갈아 말하며 두 사람을 각각 동시에 혼내고 있었다. 마치 분노한 동시통역사처럼.

소란스러운 소리에 귀를 쫑긋하고 듣다 보니 그녀는 볼일이 생겨 일본인 남자친구와 아버지만 남겨 두고 잠시 자리를 비웠던 것으로 보였다. 예비 사위와 예비 장인어른, 이 얼마나 어색한 관계일까. 잠깐 몸이 떨렸다. 그녀는 아마도 입원 수속이나 외래 예약을 하러 갔을 수도 있고, 보험금 청구를 위한 서류 같은 것을 발급해야 했을 수도 있다. 병원은 항상 바쁘니까. 하지만 어찌된 영문인지 비빔밥을 주문한 아버지는 돈가스를 먹고 있고, 돈가스를 주문한 일본인 애인이 비빔밥을 먹고 있었던 것이다.

그녀는 숟가락으로 비빔밥을 먹는 문화가 생소한 일본인 남자친구가 곤혹스러운 상황에 놓였다는 사실이 꽤나 속상한 모양이었다. 물론 개인적으로는 비빔밥을 열심히 젓가락으로 비벼 먹다 머나먼 타지에서 갑작스레 혼이 나게 된 상황이 더 곤혹스러웠을 것 같기는 하지만 말이다. 그는 그 앙칼진 소리가 익숙한지 마치 축구공을 잃어버린 어린아이마냥 고개를 푹 숙이고 있었다. 그녀는 남자친구를 혼을 내다 옆에서 연신 헛기침을 하는 어르신을 보고는 그제야 평정심을 되찾고 민망한 표정으로 자리에 앉았다. 그것으로 상황은 종료되었다.

돈가스 메이트는 병원 인근에 방탄소년단 RM이 방문해서 유명해진 카페를 찾아내 병원 밖으로 나가고, 외출이 금지되어 있던 나는 이 커다랗고 넓은 흰 직사각형 던전에 무엇이 숨겨져 있는지 돌아다니며 찾아보게 되었다. 병치레가 잦았던 탓에 어릴 적부터 병원을 자주 드나들었지만, 입원을 하면 숨어 있던 색다른 모습들이 보이기 시작한다.

모두들 자기 차례가 오기만을 기다리며 여기저기서 서성이고, 시름시름 앓던 모습으로 공손하게 의사를 만나고 나서는 수납원에게 있는 힘껏 소리를 치며 병원비나 서류에 대해 묻는다. 여기든 저기든 아픈 사람들이 많이 모여 있으면 동질감보다는 오히려 내가 가진 병에 대해 대수롭지 않게 생각하게 되고, 병으로 힘들어했던 상황에 대해 보다 겸손한 마음을 가지게 된다. 나보다 더 많이 아픈 사람들도 있구나 하고. 조금 더 의연해지려 노력하게 된다. 입원복을 입고 돌아다니는 아이를 보면 어릴 적 내 모습이 생각나고, 아픈 노모를 모시고 온 어른을 보면 나에게도 언젠가 저런 순간이 오겠지 싶어진다.

나 역시 보호자로서 병원을 오가게 된 것은 평소 무적의 건강함을 자랑하던 돈가스 메이트도 점점 나이가 들며 여기저기 고통을 호소하는 부위가 생기기 시작한 무렵이다. 왕돈가스 빨리 먹기 대회에 나간다면 당당히 합격 목걸이를 목에 걸 수 있을 것만 같던 돈가스 메이트는 슬슬 접시에 돈가스 잔해를 한두 점씩 남겨놓기 시작했고, 가끔은 소화불량에 시달리게도 되었다.

'소화불량'의 기분을 30대 중반 이후에야 처음 느끼게 되었다는 점은 큰 축복이지만, 힘에 비해 겁이 많은 돈가스 메이트는 약간의 체기로도 깜짝 놀라는 편이었다. '보호자'의 기분을 30대 중반 이후에야 처음 느끼게 되었다는 점 역시 아주 큰 축복이지만, 키에 비해 겁이 많은 나는 같이 사는 이의 약간의 고통에도 깜짝 놀라는 편이었다. 병원에 함께 손을 잡고 가서 진찰이 끝나기까지 기다리다 수납을 하고 약국에 처방전을 내미는 것 외에는 크게 도움이 되지 않는다는 점은 안타까운 일이었다.

그런 와중에도 보호자의 역할에 심취해 환자에게 계속 지시사항을 전달했다. 너는 상태가 좋지 않아 보이니 일단 내 말을 들으라고. 이성적이고 침착하려 할수록 서로 좋지 않은 감정의 흐름이 생길 수밖에 없었다. 나 자신에게 실망스러운 순간의 연속이었다. 환자의 고통을 함께 봐야 한다는 것은 보호자의 입장에서도 분명 불안하고 속상한 일이었다.

한 달에 한 번씩 진찰받으며 수상한 주사를 맞아야 하는 나를 보는 돈가스 메이트 역시 많은 스트

레스를 받고 있지 않을까. 아마도 분식집에서 만난 그녀도 누가 비빔밥을 비비냐, 누가 돈가스를 먹느냐가 중요한 것은 아니었을지 모른다. 당신이 주문한 메뉴를 잊어버린 채로 접시를 비울 때까지 그것을 알아차리지 못한 아버지에 대한 원망과 안쓰러움이 차고 넘쳐 본인도 통제하지 못하는 방식으로 분출되었을지도 모르는 일이다. 우리는 때때로 통제할 수 없는 상황에 대한 불안을 가장 가까운 이에게 표현하기도 한다. 비록 그 가장 가까운 이가 그 고통의 당사자일지라도.

두통은 나에게서 많은 것을 빼앗아갔다. 스트레스를 안겨주던 무리한 일정, 도파민에 취한 야근, 한두 시간마다 정신을 일깨워주던 니코틴 등등. 대부분은 모두 잃어도 괜찮은 것이었지만, 가장 뼈아픈 것은 '카페인'이었다. 여러 카페의 원두를 산지별로 사 모으기도 하고, 여러 가지 산미를 비교하고 분석하며 마셔보는 취미를 가지고 있었는데, 불행히도 카페인은 두통약의 작용을 더디게 만드는 범인으로 지목되었다. 또 두통의 완화에는 일정한 취침 시간과 완전한 휴식이 필요했고.

지속되는 두통에 의한 우울함과 힘겨운 치료에 대한 보상 심리였는지 커피 한 잔만 사다 달라며 투정을 부리는 나에게, 돈가스 메이트는 카페인은 안 된다며 불호령을 내린 터였다. 실망한 나를 두고 입원실을 나섰지만 마음이 불편했을 것이 분명했다. 나는 드립 커피를 못 마신다는 사실에 시무룩해 있었지만, 그 시무룩함이 돈가스 메이트에게는 속상함을 안겨줄 것만 같았다.

입원실로 돌아와 멍하니 창문을 쳐다보고 있으니 돈가스 메이트가 문을 활짝 열며 들어왔다. 에티오피아 계열의 필터 커피와 콜롬비아 계열의 디카페인 아메리카노 커피 한 잔씩을 들고 한껏 들뜬 목소리로 말했다. "돌아오는 길에 병원 옆 골목에서 수제 돈가스 가게를 발견했어! 검색해보니 가족들이 함께 운영하는 것 같은데 히레가스가 맛있대! 입원 끝나면 집에 가기 전에 들러보자."

항상 저 웃음을 기억해야겠다는 마음이다.

맛집을 찾는 서른두 가지 방법

안서영

인터넷 평점을 믿으시는지? 나는 반쯤만 믿는 편이다.

어떤 물건을 구입하거나 가게에 방문하기 전에는 늘 검색을 해보게 된다. 그런데 그렇게 찾은 리뷰 열에 아홉은 어떤 지점에서 느낌이 온다. '아무래도 이거 광고 같은데.' 의심이 들기 시작했지만 결말이 궁금하니까 끝까지 읽으면 대부분은 이런 문구가 쓰여 있다. "이 리뷰는 제품을 제공받는 대가로 작성되었습니다." 그럼 그렇지. 돌아보면 나 또한 물건을 샀을 때, 더군다나 그게 꽤 마음에 들었어도 조용히 만족할 뿐 딱히 리뷰를 쓰지는 않았던 것 같다. 간혹 리뷰를 남겼던 것은 정말 드물게 마음에 드는 곳인데 손님이 영 오지 않는 것 같아서 혹시라도 다음에 찾아왔을 때 사라져 있을까 봐. (이런 안타까움이 느껴지는 후기의 유형도 종종 있다.) 아니면 이벤트 참여하고 음료수 서비스를 받고 싶은 경우 정도일까.

그런 사정을 알면서도 거리를 지나가다 궁금한 돈가스 가게를 발견하면 검색부터 해보게 된다. 어떤 메뉴를 파는지, 가격대는 어떤지, 영업시간은 언제인지, 그리고 가장 중요한 것은 맛있는지. 대부분이 대가성, 광고성 리뷰일 수 있다고 의심하면서도 "인생 돈가스를 만났다."라는 말을 한 번 더 믿어보고 싶은 반신반의의 심정. 어차피 돈가스가 돈가스지 뭐, 하면서도 한 줄기 희망을 품고 구글 맵을 열어 별을 찍어둔다. 결국 돈가스를 먹기 위한 핑계를 찾고 있는 것 아닐까 생각하면서. 성공 확률은 반반이다. 고민은 식사 시간을 늦출 뿐.

검색을 자주 하다 보니 돈가스만 전문적으로 리뷰하는 블로거들이 있다는 것도 알게 되었다. 그중 서울에서 유명한 돈가스집을 도장 깨기 하듯 다니는 블로거에게 흥미가 생겨 그가 쓴 글 대부분을 찾아 읽었다. 그는 일반적인 블로거들과는 결이 조금 달랐는데 무척 신랄하고 예리해 칭찬 일색의 글보다는 훨씬 신뢰가 갔다. 다만 너무 구체적이고 지엽적이어서 유난이다 싶은 마음도 들었다. 나는 맛을 나노 단위로 점수 매겨가며 먹고 싶진 않았기에 그의 블로그에 조금씩 흥미를 잃어갔다. 어떤 것에 대해 너무 많이 아는 것은 불행할 수 있음을 어렴풋이 깨달았기 때문일까. 취미, 기호라는 것들은 우리의 삶이 즐겁고 풍요로워지게 도와주지만, 결국에는 적당하고 평범한 것에는 더 이상 만족할 수 없어지기 마련이다.

맛집 블로그에 의지하지 않고도 맛집을 알아보는 방법이 과연 있을까. 누군가에게 화초를 잘 키우는 집이 맛집이라는 말을 들은 적이 있다. 그 이후로 의식적으로 살펴보기 시작했는데 과연, 만족스러웠던 가게에는 입구나 내부에 늘 식물들이 싱싱하게 자라나고 있었다! 영어권에서 식물을 잘 키우는 사람을 '그린 핑거'라고 부른다는데, '그린 핑거'는 '딜리셔스 핑거'이기도 한 것일까? 둘의 정확한 상관관계는 알 수 없지만 임상 시에 놀라운 성공률을 자랑하는데, 아쉽게도 많은 '딜리셔스 핑거' 사장님들의 메뉴는 '향토음식' 쪽으로 포진되어 있다.

또 다른 방법으로 내비게이션의 평점이 3.5 이상인 곳으로 보라는 팁도 있었다. 대형 포털사이트나 SNS에 비해 이벤트를 하지 않기 때문에 신랄하고 진실된 코멘트를 달 확률이 높다는 것이 그 이유였다. 좀 더 정확도를 높이려면, 평점이 낮은 리뷰를 필터로 설정해서 보았을 때 불만의 내용이 직원의 불친절이나 주차의 불편함, 화장실의 노후화 등등 음식 외의 것들이면 오히려 더욱 성공할 확률이 높아진다고. 나 또한 물건을 살 때에 평점을 꼼꼼히 살피는 편인데, 그중 별점 낮은 리뷰 내용이 물건 품질에 대한 것이 아닌 배송 불만이 주라면 제품의 퀄리티에 대한 신뢰는 역으로 상승했던 경험과 궤가 같았다.

앞의 방법들보다 확실한 방법이 있다. 내 주변의 미식가 지인들에게 고견을 구하는 것이다. 돈가스에 대한 책을 쓴다는 것이 조금씩 소문이 나서 만나는 이들마다 돈가스 맛집을 물어보기 시작했다. 솔직히 말하자면 나는 유명 맛집을 잘 모른다. 행동반경이 무척 좁은 편이라 집 또는 일터만 오가는 데다가 그마저도 걸어갈 수 있는 거리의 식당을 정해놓고 다닌다.

예를 들자면 여의도처럼 거주지에서 먼 미지의 땅에 있는 돈가스 가게는 전혀 모른다고 봐도 무방하다. 그러면 그 동네는 잘 모른다며 적당히 넘어가면 될 텐데, 융통성 없는 성격 탓에 멋쩍은 말을 덧붙인다. "실은 전 돈가스보다는 커피를 더 좋아해요." 그러자 어떤 분은 상냥하게 대답했다. "그런데 실장님, 돈가스 책이 훨씬 더 잘 어울려요."

돈가스 책을 쓰게 된 계기 또한 한 미식가로부터 추천받은 돈가스 가게에서 시작됐다. 오래 알고 지내던 에디터 L로부터 합정에 가게 되면 '최강금 돈까스'를 가보라는 이야기를 들었다. (에디터 L에 대해 살짝 소개하자면, 언젠가 내가 지나가는 말로 곧 도쿄로 여행을 간다고 말하자, 며칠 후 도쿄의 동네별 맛집 리스트를 엑셀파일로 정리해 보내줄 정도의 '진짜' 미식가다.) 평소 미식 분야에서 L을 굉장히 신뢰하고 있었기에 그 말씀을 소중히 잘 기억해두었다가 얼마 후 미팅으로 근처를 방문하게 된 날 그곳을 찾아갔고 만족스러운 식사를 했다.

그날 내 옆에는 무척 어른스러운 초등학생 두 명이 앉아 있었는데, 돈가스 한 그릇을 깨끗이 비우고는 곧장 "한 접시 더 주세요." 호기롭게 외쳤다. 그 순간 그들의 젊음과 재력, 무엇보다 소화력이 무척 부러워 SNS에 짤막하게 포스팅했는데, 그 글을 보고 출판사에서 연락이 왔다. 예상치 못한 놀라운 전개였다. 돈가스는 또 한번 나를 새로운 곳에 데려가주었다.

그렇게 우연히 책을 쓰기로 결심하고 그것을 계기로 몇 년간 그냥 별생각 없이 즐겨 먹던 돈가스를 다양한 각도로 들여다보게 되었다. 왜 어떤 가게의 돈가스는 특별히 맛있게 느껴지는지, 유명세와는 별개로 내가 좋아하는 돈가스의 유형은 어떤지 등등.

요즘은 사람들을 만나면 좋아하는 돈가스집에 대해서 묻는다. 돈가스는 대중적으로 인기 있는 음식이다 보니 누구에게나 각자 최고의 돈가스가 있다. 그곳을 추천하는 이유도 각양각색이라 듣고 있으면 흥미진진 즐겁다. 광고일 확률도 없다. 이번 주말에는 모처럼 낯선 동네를 방문할 예정인데, 오래전 추천받았던 그곳의 돈가스 가게에 가볼 생각에 벌써부터 설렌다.

영웅의 가호까지 받았지만

이영하

그래픽 디자이너의 업무는 비단 디자인만으로 끝나지 않는다. 디자인을 완성한 다음에도 무척 중요한 단계가 기다리고 있다. 그것은 바로 '인쇄 감리'. '감리'는 건설 현장에서 많이 쓰이는 단어로, 인쇄 공정을 직접 감독하며 결과물을 확인하고 필요한 경우 청, 적, 황, 먹, 네 가지 원색의 농도를 조정하여 원하는 색상으로 맞추어나가는 단계이다. 그날은 한 케이팝 아이돌 앨범의 마감일이었다. 인쇄 데이터를 웹하드에 업로드 후, 인쇄소에서 데이터를 점검하고 인쇄 스케줄을 공유해주기를 기다리고 있었다. 데이터 발주를 마치면 후련함보다는 혹시 발견 못한 실수는 없을지 압박감으로 인해 은근 긴장이 된다. 또한 감리 일정이 몇 날 몇 시로 떨어질지가 초유의 관심사이기도 하다. 전화는 울리기 시작했다.

"실장님. 데이터 문제없습니다. 감리는 내일 오전 9시에 시작될 것 같습니다."

데이터가 문제없다니 다행이지만 시간이 오전 9시라면 인쇄소 근처에 호텔이라도 예약해야 하나,

근심이 묵직하게 다가왔다. 보통 머나먼 땅 파주 외곽의 공장에서 진행되는 인쇄는 종이에 따라, 설비에 따라, 기온과 습도에 따라, 때로는 기장님의 컨디션에 따라 매번 색상과 퀼리티가 달라지곤 한다. 아무래도 사람의 눈과 손으로 하는 일이기 때문이다. 그렇기에 아무리 멀더라도 누군가는 꼭 가서 확인해야만 했다. 제조업이다 보니 약속된 시간에 기계는 돌아가기 시작해야 하고 설령 우리가 지각을 하더라도 기다려주지 않는다. 그런데 그다음 나온 말은 예상 밖이었다.

"인쇄소는 포천에 있고, 주소는 문자로 보내드리겠습니다."

포천? 포천에 인쇄소가 있었나? 한 번도 가본 적 없는 도시로, 이동 갈비가 유명하다는 정도가 생각나는 지명인데. 어디에 있더라. 얼른 주소를 검색해보니 자차로는 집에서 20~30분이면 도착하는 거리로 가는 길도 어렵지 않아 보였다. 옆에서 함께 통화를 들은 돈가스 메이트는 이미 점심 먹을 곳을 검색하고 있었다. 새로운 도시로의 여정에 군침이 도나 보다.

지도상으로 보이는 인쇄소 옆에는 대형마트가 있었고, 그 옆에는 스타벅스, 길 건너면 맥도날드, 조금 앞으로 나오면 비빔국수, 그리고 지도 화면 끄트머리에 아슬아슬하게 돈가스 가게 하나가 걸쳐 있었다. 숫자와 한글이 섞인 네이밍이 특이한 식당이었는데, 우리는 이미 그 식당을 알고 있었다. 완벽한 우연이었다. 지난주 토요일에 이 식당이 나오는 방송을 봤던 것은.

그 돈가스 가게는 노래를 듣고 가사를 맞히면 음식을 주는 예능 프로그램에서 게스트로 나온 가수와 연관된 가게로 소개되었다. 프로그램도 프로그램이지만 엄마의 마음을 단숨에 사로잡은 트로트의 신이 어떤 청년인지 궁금한 마음에 시청하고 있었다. 마침 퀴즈의 보상이 돈가스여서 포천의 돈가스 가게가 소개되었다. 지금은 트로트의 신이 되어버린 청년이 아직 인간계에 남아 있던 시절 아르바이트를 하던 식당으로, 돈가스 메이트와 나는 나중에 부모님이 오시면 함께 가보자고 시시한 농담을 했던 기

억이 있다. 인쇄소와 돈가스, 그리고 트로트 신. 뭔
가 운명의 톱니바퀴가 굴러가는 것 같았다.

결론적으로 말하자면 대망의 인쇄 감리 날에는
그 운명의 돈가스 가게에 가지 못했다. 감리를 보면
서도 마음은 돈가스 가게에 가 있어 얼른 점심시간
이 오기를 기다렸으나, 점심을 사주시겠다는 인쇄소
이사님의 넉넉한 인심을 거절할 수 없었다. 우리는
대신 메뉴 선택권을 빼앗겨 포천에서 가장 유명하다
는 순대국밥집에서 점심을 먹게 되었다. 억수로 쏟
아지는 빗속에서도 여러 사람이 줄을 서 있을 정도
로 유명한 순대국밥이었다.

물론 순대국밥도 너무나 맛있었지만 우리는 돈
가스에 대한 아쉬움을 감추지 못했다. 그로부터 얼
마 후. 전주에 거주하시는 부모님이 시간을 내어 우
리 집에 올라오신 날, 짧은 일정을 틈내어 포천에 가
보자고 제안했다.

"엄마가 좋아하는 트로트 신의 성지가 된 식당
이 있어."

"어머, 나는 그렇게까지 좋아하진 않아. 다른 데 가봐도 괜찮아."

"우리도 겸사겸사 한번 가보고 싶어서. 저번에 포천 쪽에 인쇄소에 갔는데 그 근처에 있었어."

"아, 8요일 키친? 거기서 그렇게 성실하게 알바를 했다더라. 지금은 팬들이 어마어마하게 몰려서 장사가 아주 잘된대."

돈가스 가게의 주차장은 협소했지만, 가게의 간판부터 외벽을 장식하고 있는 트로트 신의 수많은 현수막이 대단한 위용을 자랑했다. 요즘 아이돌들의 생카(생일축하카페)에 비견될 정도였다. 어렸을 적 사진부터 직접 촬영한 고화질의 이미지들까지 대체 어떻게 구했을지 모르는 사진들이 그야말로 가게를 뒤덮고 있었다. 입구 옆에 걸린 건치를 자랑하는 트로트 신의 환한 미소가 담긴 커다란 현수막과 그 앞에 놓인 아르누보풍의 하얀색 작은 벤치는 이곳을 방문하는 어르신들의 인증샷에 안성맞춤일 것 같았다.

천천히 건물 주위를 돌아보던 엄마는 우리의 거듭된 요청에 수줍은 듯 벤치에 앉았고 우리는 몇 장의 사진을 찍고 안으로 들어갔다. 내부는 세월을 보여주듯 고풍스러운 인테리어에 정겨운 패턴의 커튼이 드리워진 넓은 홀로 이루어져 있었고, 곳곳에 등신대가 서 있었다. 테이블에는 포스터와 굿즈들이, 벽에는 액자들이 가득했다. 모두 한 사람만을 위한 사진과 물품들이었고, 그와 사장님의 기념사진이 크게 붙어 있는 벽 옆에는 형형색색의 포스트잇으로 가득한 큰 칠판이 보였다. 얼른 자리부터 잡아 앉는 엄마와 아빠를 뒤로하고, 우리는 한참 이 요란한 가게를 둘러보았다.

"여기 구경 좀 하지 그래요. 뭘 많이 준비해놓은 것 같은데."

"어머, 나는 그렇게 좋아하지는 않는대도. 그래도 그 아이 덕분에 이 가게는 아주 대박이 났어."

왜 어떤 팬은 자신이 팬이라는 사실을 숨기고 싶어 하는지. 그것은 비단 우리 엄마에 국한되는 이야기는 아니다. 돈가스 메이트는 가끔 지인들과 돈가스에 관한 이야기를 입에 침이 마르도록 신나게 하다가도 돌연 "나는 돈가스를 그렇게까지 좋아하지는 않아요."라며 수줍게 변명하곤 한다. 전국 돈가스 맛집에 대한 온갖 정보를 모으고, SNS에 오늘 먹은 돈가스에 대한 사진과 글을 올리며, 이제 심지어 돈가스에 관한 책을 쓰고 있는 와중에도.

골고루 주문한 메뉴가 하나둘 나왔다. 빵으로 둘러싸인 새우 볼로네제 파스타와 함박 스테이크, 등심 돈가스 등이었다. 돈가스는 함박 스테이크처럼 살짝 육즙도 머금고 있지만 적당히 익어 씹기 편했고, 튀김옷은 살짝 태운 듯한 맛이었는데 그게 오히려 더 맛있게 느껴졌다.

하지만 엄마는 처음 간 식당에서 으레 그렇듯 간이 조금 세고 음식의 가격에 비해 맛이 아쉽다는 평가부터 남겼다. (나와 돈가스 메이트의 객관적 평가로는 맛이나 양은 괜찮은 편이었다.) 역시 전라도 음식 전문가는 공과 사를 철저히 분리하여 음식에는 엄격한 자세를 그대로 유지하고 있었다. 식사 중 조용히 "갸가 여러 사람을 먹여 살려."라는 혼잣말을 종종 하기는 하였지만.

마지막으로 가게를 나가면서는 팬들을 위한 이벤트라든가 팬들에게 맞춘 메뉴 구성이 있다면 좋을 것이라는 코멘트를 덧붙이셨다. 영웅의 가호까지 받았어도 역시 엄마를 만족시키는 식당이란 멀고도 험난한 것이다.

• 8요일 키친은 2024년 6월까지 영업하고 문을 닫았다.

cc | 026

돈가스

씩씩한 포크와
계획적인 나이프

1판 1쇄 찍음 2024년 9월 20일
1판 1쇄 펴냄 2024년 9월 27일

지은이 안서영 이영하

편집 김지향 정예슬 길은수
교정교열 안강휘
디자인 김혜수 박연미
일러스트 이영하
미술 이미화 김낙훈 한나은
마케팅 정대용 허진호 김채훈 홍수현 이지원 이지혜 이호정
홍보 이시윤 윤영우
저작권 남유선 김다정 송지영
제작 임지헌 김한수 임수아 권순택
관리 박경희 김지현

펴낸이 박상준
펴낸곳 세미콜론
출판등록 1997. 3. 24. (제16-1444호)
06027 서울특별시 강남구 도산대로1길 62
대표전화 515-2000
팩시밀리 515-2007
편집부 517-4263
팩시밀리 515-2329

세미콜론은 민음사 출판그룹의
만화·예술·라이프스타일 브랜드입니다.
www.semicolon.co.kr

ISBN
979-11-94087-54-0 03810

엑스 semicolon_books
인스타그램 semicolon.books
페이스북 SemicolonBooks
유튜브 세미콜론TV